# THE TALE OF GENJI AND KYOTO

日本語と英語で知る、めぐる
紫式部の京都ガイド

SUMIKO KAJIYAMA

プレジデント社

## はじめに

アンディ・ウォーホル、デヴィッド・ボウイ、そしてスティーブ・ジョブズ。
活躍した分野や年代は微妙に違えど、実は彼らには共通点があります。

それは京都を愛したこと。
ポップカルチャーの最先端を走った時代の寵児たちは、いにしえの都・京
都に深く魅せられていたのです。

天才たちを惹きつけてやまない古都の魅力——それが何なのか、いちばん
わかっていないのが、ほかでもない日本人かもしれません。

かつてニューヨークで暮らしていたとき、京都について熱っぽく語るアメ
リカ人に何人も会いました。京都や日本文化に驚くほど詳しい彼らは、こ
ちらが日本人だとわかると、嬉々として質問を投げかけてきます。しかも
本質を突くような問いばかりを……。

「八坂の塔」として知られる東山・法観寺の五重塔を望む。京都らしい街並みに誰もが魅せられる

彼らの疑問に満足に答えられない自分が、日本人として恥ずかしかった。日本に帰ったら京都についてもっと勉強しよう。そう心に誓ったのです。

あれから幾年月。紆余曲折を経て、わたしはいま、京都に住んでいます。京都の地理には多少詳しくなりましたが、京都人としては赤子同然。1000年の都は奥が深く、何事も一筋縄ではいきません。

近年の京都は、海外から来た観光客で賑わっています。海外の友人・知人を京都に案内した際、日本の文化や歴史について訊かれて答えに窮した。そんな苦い体験をした方々もおられるでしょう。いつかのわたしのように。

そこで本書の出番です。昔、歴史の授業で習ったけれど、英語だとうまく説明できない。適切な英単語や表現が思いつかない。そんなとき、「日英バイリンガルの京都ガイドブック」である本書がお役に立つと思います。

ひとつのテーマを深掘りしていることも本書の特長です。そのテーマとは、海外でも人気が高い『源氏物語／The Tale of Genji』。1000年以上にわたって読み継がれてきた不朽の名作です。

2019年には、ニューヨークのメトロポリタン美術館で「The Tale of Genji: A Japanese Classic Illuminated」と題した展覧会も開かれました。『源氏物語』にまつわるアート作品を集めたこの展覧会をきっかけに、日本に興味を持ったニューヨーカーも少なくないはず。『源氏物語』は、日本や京都の魅力を世界に伝える貴重な役割も果たしているのです。

ご存じのように、『源氏物語』の舞台は平安時代の京都です。そして京都には、『源氏物語』に描かれた神社やモデルとなった場所が、往時の面影を残したまま現存する。海外の人にはそのこと自体が驚きではないでしょうか。『源氏物語』を通して京都を知る。それが本書のねらいです。

野宮神社のほど近く。嵐山の人気スポット『竹林の小径』の雪景色

わたしが住む嵐山周辺にも、『源氏物語』ゆかりの地がいくつもあります。そのひとつ、竹林のなかに佇む野宮神社は、伊勢神宮にお仕えする斎宮（斎王）となる皇女が身を清めた場所。『源氏物語』では、かつての恋人である六条御息所に会うために光源氏がここを訪れます（巻10「賢木」）。

虫の声が響き、秋草が茂る野宮。娘の斎宮に同行し伊勢に下ることを決めた六条御息所は、揺れる心を隠し、未練を語る源氏を突き放す……。印象的な黒木の鳥居と小柴垣は、物語に描かれたままのたたずまいを見せ、わたしたちを平安時代へと誘います。昼間は観光客でごった返す野宮神社ですが、日が暮れると、怖いほどの静寂に包まれる。六条御息所のすすり泣きがどこからともなく聞こえてきそうな風情です。

毎年10月に行われる野宮神社の「斎宮行列」も往時を再現する行事です。駅前通りに突如として現れる本物の牛車に、子どもたちは「ウシさんだ！」

と大はしゃぎ。平安装束に身を包んだ一行が近所の商店街をしずしずと進むさまはタイムスリップさながらで、最初に見たときは少々戸惑いました。

夏の鵜飼、秋の「観月の夕べ」（大覚寺）をはじめ、『源氏物語』に描かれた平安貴族の遊びも、年中行事としてこの地で親しまれています。そして愛犬との散歩で立ち寄る公園には「めぐり逢ひて　見しやそれともわかぬ間に　雲隠れにし夜半の月かな」という紫式部の歌碑が……。こんな日々を送るうちに、だんだんと平安時代を身近に感じるようになったのです。

2024年のNHK大河ドラマ「光る君へ」では、『源氏物語』の作者、紫式部の生涯が描かれます。ドラマをきっかけに、舞台である平安時代の京都にも関心が集まることでしょう。みなさんも本書を手に京都を訪れて、紫式部も見たであろう景色に出会ってください。そして願わくば、その感動を海外の友人・知人と共有してほしいと思います。

平安貴族も愛した景勝地、桜色に染まる嵐山と渡月橋。

ウォーホルやボウイやジョブズを魅了したものとは何か——それを見つけるお手伝いができれば、これ以上の喜びはありません。

\*

本書は、2013年にアメリカで出版した英文書籍『Cool Japan: A Guide to Tokyo, Kyoto, Tohoku and Japanese Culture Past and Present』(Museyon, NY) をベースにしています。訪日する外国人を増やして震災復興の一助としたい。そんな想いで執筆したカルチャー・ガイドです。

『Cool Japan』から抜粋した英文テキストに、日本語訳や語句の解説などを加えて再構成。気鋭の写真家、稲田大樹さんの美麗な風景写真や、新たに書き下ろした平安装束に関する日本語エッセイを織り込みました。京都観光や英語学習のお供など、さまざまに活用していただければ幸いです。

京都・嵯峨野にて　SUMIKO KAJIYAMA

# Contents

PART 1 *The Models of the Story_1*
## THE TALE OF GENJI AND KYOTO GOSHO .....20
The Tale of Genji and Kyoto Gosho ......22

Map ......10

PART 2
## WHAT IS THE TALE OF GENJI? .....34
What is The Tale of Genji?......36
Author Murasaki Shikibu ......38
Hikaru Genji......42
The Tale of Genji Synopsis ......44
Translations in Modern Language and Foreign Languages, Comics ......50
Movies, Plays, Animations ......54

PART 3 *The Models of the Story_2*
## HEIAN JINGU SHRINE AND AOI MATSURI .....56
Heian Jingu Shrine and Aoi Matsuri ......58

PART 4 *The Models of the Story_3*
## THE TALE OF GENJI "UJI JUJO" AND UJI .....68
The Tale of Genji "Uji Jujo" and Uji ......70

PART 5
## WHERE TO SEE .....104
KYOTO GOSHO Kyoto Imperial Palace ......106
HEIAN JINGU SHRINE .... 108
KAMIGAMO SHRINE/ SHIMOGAMO SHRINE ......110
DAIKAKU-JI TEMPLE ......116
SHOSEI-EN GARDEN ......118
ROSAN-JI TEMPLE ......120
UNRIN-IN TEMPLE ......122
BYODO-IN TEMPLE ......124
UJIKAMI SHRINE ......126
TEA HOUSE TAIHO-AN......128

COLUMN   Uji Tea ......92
Tasty specialities for visitors to the Kamo Shrines ......114
Try on Heian court costumes at Setsugetsuka-en ......130
The City Where You Can Travel Through Time ......140

# 目次

はじめに ......2
地図 ......10

**第1章**
物語の舞台を訪ねて_1
## 源氏物語と京都御所 ...... 20
源氏物語と京都御所 ...... 22

**第2章**
## 源氏物語とは ...... 34
源氏物語とは──1000年読み継がれる名作 ...... 36
作者・紫式部について──『源氏物語』が生まれた背景 ...... 38
主人公・光源氏について ...... 42
物語のあらすじ ...... 44
現代語訳、外国語訳、マンガ版 ...... 50
繰り返し映像化、舞台化される『源氏物語』 ...... 54

**第3章**
物語の舞台を訪ねて_2
## 平安神宮と葵祭 ...... 56
平安神宮と葵祭 ...... 58

**第4章**
物語の舞台を訪ねて_3
## 源氏物語「宇治十帖」と宇治 ...... 68
源氏物語「宇治十帖」と宇治 ...... 70

**第5章**
## 紫式部と『源氏物語』ゆかりの地と見どころ ...... 104
京都御所 ...... 106
平安神宮 ...... 108
上賀茂神社／下鴨神社 ...... 110
大覚寺 ...... 116
渉成園 ...... 118
廬山寺 ...... 120
雲林院 ...... 122
平等院 ...... 124
宇治上神社 ...... 126
市営茶室「対鳳庵」 ...... 128

**コラム**
宇治茶について ...... 92
賀茂社参拝のお楽しみ 門前の名物 ...... 114
「雪月花苑（平安装束体験所）」で十二単体験 ...... 130
平安装束を知る、感じる ...... 132
京都──時間旅行ができる都市 ...... 140

## MAP 01　Kyoto Wide-area　京都広域図

## MAP 02   Center of Kyoto   京都中心部

## MAP 03   Uji   宇治

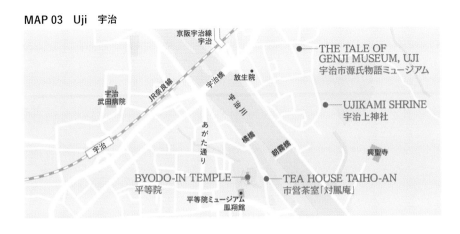

Fushimi Inari Shrine
伏見稲荷大社

The Togetsu-kyo Bridge in Arashiyama
嵐山　渡月橋

The Kamo River
鴨川

Henjo-ji Temple Lantern-floating on the Hirosawa Pond
広沢池　遍照寺灯籠流し

Ukyo-ku

Sakyo-ku

Kita-ku

Kamigyo-ku

Nakagyo-ku

Shimogyo-ku

Nishikyo-ku

Higashiyama-ku

Yamashina-ku

Minami
-ku

Fushimi-ku

Uji-City

**KYOTO GOSHO**

# THE TALE OF GENJI AND KYOTO GOSHO

第1章　物語の舞台を訪ねて_1

源氏物語と京都御所

# The Tale of Genji and Kyoto Gosho

*The Tale of Genji* vividly portrays the lifestyle inside the palace of Heian-kyo (which means tranquility and peace capital) 1,000 years ago, a time when the powerful Fujiwara clan dominated Japan. Widely regarded as the world's first modern novel, *The Tale of Genji* was written by Murasaki Shikibu, a woman of the court, in the middle of the Heian period. The majestic novel has attracted readers for over 1,000 years in various translations in modern Japanese, as well as in many foreign languages.

Let the hero of this novel, Hikaru Genji, be your guide to Kyoto's Heian-era sites.

Although Genji is a fictional character, his image exists clearly among the Japanese. "Who was the biggest ladies' man in Japanese history?" Many Japanese would name Hikaru Genji. He was a prince of the emperor, blessed with brilliant beauty and unparalleled talent. He was a superstar who was unbeatable both in sword and pen, in music, dance, and romance. He was surely popular and his love affairs were the talk of the town. "Hikaru Kimi" (the shining prince) is still the timeless dream boy for the ladies.

# 源氏物語と京都御所

1000年前、藤原氏が権力を握っていた時代に、平安京で繰り広げられた宮廷の生活とはどんなものだったのでしょう。それを生き生きと伝えるのが、平安時代中期、紫式部という女官（女房）によって書かれた『源氏物語／The Tale of Genji』です。『源氏物語』は世界最古の長編小説ともいわれ、1000年以上にわたって人々に読み継がれてきました。数多の種類の現代語訳のほか、世界中の言葉にも翻訳され、今なお読者を魅了します。

この物語の主人公・光源氏を案内人に、京都に残る平安時代の面影を辿ってみましょう。

架空の人物でありながら、光源氏の存在は、日本人にとってあまりにも大きいといえます。日本の歴史上もっとも有名な色男は誰か──。そう問えば、多くの人が彼の名をあげることでしょう。光り輝くような美しさときらめく才能から「光る君」と呼ばれた天皇の皇子。容姿と家柄は世に比類なく、文武両道に優れ、音楽も舞も、なにをやらせても右に出る者がいないというスーパースター。これでモテないはずがない……というわけで、光源氏は多くの女性と浮名を流します。「光る君」は、今も昔も、女性たちの心を捉えて離さない永遠のあこがれなのです。

Fujiwara clan　藤原氏（藤原一族）
the Heian period　平安時代
ladies' man　色男
sword and pen　文武

物語の舞台を訪ねて 1 - 源氏物語と京都御所

承明門から最も格式の高い正殿、紫宸殿を望む

25

紫宸殿。中央に天皇の御座「高御座」が置かれている

However, this novel is not just pulp entertainment like a Harlequin romance. Its underlying theme is the Buddhist concept of the impermanence of worldly things. Human ego, jealousy, greed for power, cunning, and purity—*The Tale of Genji* depicts such immutable aspects of human nature. This story has been made into movies, manga, and animated films, and still resonates with people in the 21st century.

*The Tale of Genji* is a work of fiction but many shrines and temples that were the models or backdrops of the story remain in Kyoto. The most famous of all is Kyoto Gosho (the Imperial Palace) where the emperor's family resided and royal ceremonies and rituals took place. The successive emperors actually lived here until Emperor Meiji moved to Tokyo in 1869 after returning to power when the Meiji Restoration ended shogun warrior rule.

Being a prince of the emperor, Hikaru Genji would have been born in this palace. Strictly speaking, however, the current palace was rebuilt in 1855 in the end of the Edo period. Even though it is built in Heian style, its location is different from the original palace.

ですが、この物語は「ハーレクイン・ロマンス」のような単なるエンタメではありません。その根底に流れるのは仏教的な無常観。人間のエゴ、嫉妬、権力欲、ずるさ、そして純真さ──『源氏物語』が21世紀になっても映画、マンガ、アニメなどにリメイクされ続けるのは、1000年経っても変わらない人間の本質が、そこにしっかりと描かれているから。だからこそ、時代を越え、21世紀の今も人々の心に響くのです。

『源氏物語』は虚構の世界ですが、物語の舞台や、そのモデルとなった神社仏閣は、いまも京都に数多く存在します。その代表例が京都御所。御所には、天皇の住居と、宮中の儀式が行われる御殿があり、明治維新後、1869年に明治天皇が東京に移られるまで、歴代の天皇が実際にここに住んでいたのです。

（物語の設定によれば）天皇の皇子である光源氏も、この御所で生まれ育ったことになります。ただし、厳密に言えば、現存する京都御所の建物は、江戸末期の1855年に造営されたもの。平安様式の建物ではあるものの、建っている場所も平安時代とは異なっています。

the impermanence of worldly things　世の無常
the Meiji Restoration　明治維新
※海外の人は日本の歴史に詳しくないため、Meiji Restoration ended shogun warrior rule.
（明治維新が将軍の統治を終わらせた）と説明を加えている。

The original Heian palace burned down in the 13th century and was never rebuilt. The current palace was the emperor's regent's mansion where the emperor stayed temporarily, and which was enlarged with the help of warlords in the Warring States Period (Sengoku Jidai). The building itself was burned down and rebuilt again many times until the current structure was built 170 years ago.

The central area of the Heian capital was a rectangle of about 0.72 miles (1.2 km) from east to west and 0.84 miles (1.4 km) from north to south. The emperor's residence and administrative buildings were all located within this area.

The grid-like layout of the city remains as it was originally. However, the main boulevard in the central area, Suzaku Oji, used to be as wide as 275 feet (84 meters). Senbon-dori Street now runs north to south where the Suzaku Oji was once laid out, but it is only 82 feet (25 meters) at its the widest and merely 20 feet (6 meters) wide where it is the narrowest.

A 275-foot-wide (84-meter) street is more like a plaza than a street. Noblemen and noblewomen riding on their oxcarts would pass each other on this street 1,000 years ago.

---

emperor's regent　天皇の摂政、関白
grid-like　格子状の
oxcart　牛車
nobleman/ noblewoman　貴族、高貴な生まれの人

平安時代、天皇の生活の場であった清涼殿。当時の様式を復元して建てられた

というのも、平安時代に建てられた宮殿は13世紀に焼失してしまい、その後、再建されなかったのです。現在の京都御所は、天皇が仮住まいをしていた摂関家（皇后の実家など有力な公家）の邸宅のひとつを、戦国時代の武将たちの援助を受けて拡大したもの。それ以降も、御所は焼失と再建を繰り返したため、現存する建物は築170年程度と比較的新しいわけです。

平安時代の都の中心であった大内裏（平安宮）は東西約1.2キロ、南北約1.4キロの広さだったといわれています。ここに天皇の住居と行政の機能が集中していたのです。

東西南北に大路が走る碁盤の目のような都市設計は、当時も今も変わりません。ただし、平安京のメイン・ストリート、大内裏からのびる「朱雀大路」の幅は約84m（275フィート）もあったそうです。ほぼ同じ場所を通る現在の千本通りが、広いところで25m程度、狭いところで6mしかないことを考えると、平安京の街路のスケールの大きさがわかります。

幅が84mとは、道というよりも広場のようなもの。往時は、貴族たちを乗せた牛車がここを行き交っていたのです。

Even though the current Kyoto Gosho palace is not the same building where *The Tale of Genji* took place, its atmosphere recalls those days. Though the emperor no longer lives here, the palace is still managed by the Imperial Household Agency. It opens its doors to public and attracts many tourists, especially in spring and fall.

Kyoto Gosho has six gates and each of them is designated for different ranks and usages. Once you cross the gate, you will feel the air turn solemn in the palace.

The must-see spots are the Seiryoden, where the emperor would perform his daily duties, and the Shishinden, where the most important rituals, including the accession ceremonies, would take place. Inside the magnificent Shishinden, with its arching cypress bark roof, sits the emperor's throne, Takamikura (Chrysanthemum Throne), facing the white-stone courtyard, Dantei.

In *The Tale of Genji*, Hikaru Genji was so loved by his father, the Emperor Kiritsubo, after his mother passed away. You can imagine how beautiful it would be as Hikaru Genji, dressed up in a colorful costume, danced elegantly here. The ladies in the palace would stare through the bamboo blinds and sigh for the shining prince.

In the Dantei courtyard, there are two glorious trees: the "Sakon-no-Sakura" cherry blossom tree on the left side and "Ukon-no-Tachibana" mandarin orange tree on the right side, as viewed from the Shishinden. Many shrines in Japan have such paired cherry and mandarin orange trees, but this pair is exceptional in size and grandeur.

現在の京都御所は『源氏物語』が書かれた当時の建築物ではありませんが、そのたたずまいは十分に往時を思わせます。（今上天皇のお住まいではないものの）御所はいまも宮内庁が管理をしています。一般にも公開されていて、特に春と秋は、たくさんの観光客で賑わいます。

御所の塀には6つの門があり、それぞれに格式と用途が定められています。ひとたび門をくぐれば、外の世界とは異なる厳かな空気を感じるでしょう。

見どころは、天皇が日常の執務を行う清涼殿（せいりょうでん）や、天皇の即位など最も重要な儀式を行う紫宸殿（ししんでん）。檜皮葺（ひわだぶき）の屋根が堂々たる風格を感じさせる紫宸殿の内部には、天皇の玉座である高御座（たかみくら）が置かれ、正面には、白砂が敷き詰められた南庭（だんてい）が広がります。

『源氏物語』のなかの光源氏は、母亡きあと、父・桐壺帝に殊のほか愛されて育ちます。想像をたくましくすれば、あざやかな装束に身を包んだ光源氏が、優雅に舞う姿が見えるよう……。麗しき「光る君」を御簾越しに見つめる宮中の女たちのため息さえ聞こえてきそうです。

南庭には、紫宸殿から見て左側に「左近の桜」、右側に「右近の橘」があります。多くの神社にも、同じように桜と橘がありますが、御所のものはとりわけ立派です。

---

Imperial Household Agency　宮内庁
rituals　儀式、典礼
accession ceremony　即位式
cypress bark roof　檜皮葺（の屋根）
bamboo blind　御簾
grandeur　壮大さ、気高さ

---

In Japan, people still celebrate the growth of their children every March on Hina Matsuri (Girls' Day) by displaying Heian-style dolls. They have miniature paired "Sakon-no-Sakura" and "Ukon-no-Tachibana" trees to complete the set.

Today, Kyoto Gosho is located within the extensive park called Kyoto Gyoen. More than 200 mansions of noble families once stood here. They all moved out when the Emperor moved to Tokyo after the Meiji Restoration in 1869.

Kyoto Gyoen is open to public and it is a green oasis in the city. There are some ruins of old mansions and gardens of the Heian court nobles. There are about 1,000 cherry trees in the park and the blossoms are spectacular in spring. A famous ito zakura (weeping cherry tree) at the former site of the Konoe family mansion, located in the north of Kyoto Gosho, has inspired many poets.

mansion　屋敷、大邸宅
ruins　遺構、遺跡
weeping cherry tree　しだれ桜

四季折々の花が楽しめる京都御苑。近衛邸跡の見事なしだれ桜は特に人気が高い

日本の伝統行事、毎年3月に行われる「ひな祭り」では、平安時代の装束を身に着けた雛人形を飾りますが、その雛飾りにも「左近の桜」「右近の橘」が置かれるのです。

現在の御所は、京都御苑と呼ばれる広大な公園に囲まれています。かつてはここに、大小200もの屋敷が並ぶ公家町がありました。明治時代になり、天皇が東京に移られると、それに伴って公家たちも移住したため、屋敷の跡地を公園として整備したのです。

京都御苑も一般に開放されており、京都市民の緑のオアシスになっています。苑内には、宮家、公家の屋敷跡や庭園などの遺構も残されていて、春には約1000本もの桜が見事な花を咲かせます。御所の北側、近衛邸の跡地にある糸桜（しだれ桜）は特に有名で、その美しさが古くから歌に詠まれています。

写真提供：環境省京都御苑管理事務所

伝土佐光則 筆『源氏絵鑑帖』巻十・賢木（宇治市源氏物語ミュージアム所蔵）

# PART 2

# WHAT IS THE TALE OF GENJI?

第2章 源氏物語とは

## What is The Tale of Genji?

*The Tale of Genji* depicts romance and the life of the nobility in the court of the Heian period. Written by Murasaki Shikibu, the story portrays three generations surrounding the main character, Hikaru Genji, as he encounters various types of women and matures as a man and as a person.

As many as 500 characters appear in this tightly structured story, which features vivid conversations and scenes of court culture, as well as Japan's rich seasons. While it is a charming romance novel of fragile love affairs, Buddhist philosophy about the transience of human life is the undercurrent of the story.

Love, hate, and suffering in the lives of the women who have relationships with Genji bring out deep sympathy from the reader regardless of distance in time and culture. Some readers claim that they find the full portrayal of human nature and man's reality through Hikaru Genji. Hikaru Genji's women endure the man's selfishness, but no one attains happiness in a true sense.

In 2008, the Kyoto government carried out a special event, The Millennium of The Tale of Genji, to commemorate this extraordinary literature that has entertained many readers around the world for the past 1,000 years.

## 源氏物語とは──1000年読み継がれる名作

平安朝の宮廷を舞台に、皇族や貴族たちの愛と人生を描いた長編物語。作者は紫式部。さまざまなタイプの女性に出会い、男として、そして人間として磨かれていく主人公・光源氏の生涯を軸に、3世代の人間の生きる姿が描かれます。

500人にも及ぶ多彩な登場人物、緻密な構成、赤裸々な会話や権力闘争、そこに織り込まれる宮廷文化や美しい日本の四季……。散りゆく花のような、はかない恋を描いた魅力的なロマンス小説ですが、その根底には仏教観も流れています。

この物語が時代や文化の壁を越えて深い共感を呼び起こすのは、光源氏と関わる女性たちの愛と憎しみ、そして生きる苦悩が描かれているからでしょう。光源氏を通じて、人間の在りよう、男の本質が語り尽くされているとの評もあるほど。男の身勝手に、ただひたすら耐えるしかない女たち。光源氏に愛された女性たちは、誰ひとり、ほんとうの意味で幸せになっていないのです。

2008年には、京都府などが中心となって「源氏物語千年紀」と銘打ったイベントも開催されました。1000年にわたって多くの人を惹きつけ、読み継がれてきた、世界でも稀有な文学作品といえます。

## Author Murasaki Shikibu

When *The Tale of Genji* was created, author Murasaki Shikibu was working for the young Empress Shoshi, who was a daughter of one of the most powerful nobles of the time, Fujiwara Michinaga. It was Michinaga who ordered Lady Murasaki to write a story in order to direct the Emperor Ichijo's attention to Shoshi. Lady Murasaki completed this lengthy novel under Michinaga's protection. As Michinaga expected, The Tale of Genji attracted the emperor, who loved literature, and Shoshi was blessed with two sons, who both later became emperors. Michinaga's own power increased in the meantime.

Murasaki Shikibu was born into a middle-rank noble family that kept provincial government positions. While her mother passed away early, she was a talented child and her father, a well-known literary man, educated her. In her diary, *Murasaki Shikibu Nikki*, she boasted that she read Chinese classics, including *Shiki* (The Records of the Grand Historian), which were considered men's literature at the time; "What a shame. What if you were a man?" her father lamented.

Lady Murasaki married Yamashiro-no-kami—who was about twenty years older and already had a wife and family—after she had turned older than the typical wedding age. She had a daughter but her husband died from illness only three years after the marriage.

## 作者・紫式部について──『源氏物語』が生まれた背景

作者の紫式部は、時の権力者であった藤原道長の娘、中宮・彰子に仕えていました。帝の関心を彰子に向けさせるため、道長は彼女に物語を書くよう命じたといわれています。道長の庇護のもと、紫式部はこの長大な物語を完成させます。思惑通り、『源氏物語』は文学好きの一条天皇の心をつかみ、彰子は、のちに天皇となる皇子を二人も産み、父・道長の権力の拡大に大いに貢献したのです。

紫式部自身は、地方官を歴任する中流貴族の生まれでした。早くに母を失いましたが、幼い頃から聡明で、文人としても名高い父に学問の手ほどきを受けていたようです。男性の読み物とされていた『史記』などの漢籍を読みこなすほどの才媛ぶりを発揮。「惜しいなあ、おまえが男だったら」と父が嘆いたと『紫式部日記』に記されています（つまり、自慢していたわけです）。

適齢期を過ぎてから、20ほど歳の離れた妻子持ちの男・山城守藤原宣孝のもとに嫁ぎ、娘にも恵まれましたが、結婚して3年で夫は病死してしまいました。（夫を亡くした寂しさと絶望のなかで書き始めたのが『源氏物語』であり、それが評判となって道長の目に留まったといわれています）

源氏物語とは

While she was from a middle-rank noble family, working for the Empress Shoshi exposed her to the lifestyle of the upper nobility and to the palace, and gave her the resources for writing *The Tale of Genji*. The story was so popular among the court ladies that they looked forward to each new part as she finished. The readers must have talked about the story both at work and home, making guesses as to who was the model for each character.

Similarities between womanizing Hikaru Genji and the image of Michinaga can certainly be found. As smart a lady as Lady Murasaki was, the powerful Michinaga must have been a target of examination and a resource for the novel. However, there is also a strong argument that she was one of his lovers.

紫式部自身は中流貴族の出身ですが、中宮・彰子に仕えたことで摂関家という上流貴族や宮廷の暮らしぶりを知ることができました。それが『源氏物語』を書くうえで存分に活かされました。物語は宮中の女性たちにも人気があり、続きができあがるのを、皆が毎回たのしみにしていたとか。現代に置き換えれば、評判の連続テレビドラマのようなもの。「この登場人物のモデルは、誰それにちがいない」などと、噂話に花を咲かせていたのでしょう。

数多くの女性と浮名を流す光源氏は、道長にも重なります。聡明な紫式部のこと、栄華を極めた道長のことも冷めた目で観察して、作品に反映させていたはず。だが、彼女自身が、パトロンである道長の愛人であったという説も根強くあります。

紫式部邸宅址とされる廬山寺。紫式部はここで源氏物語を執筆したと考えられる。
源氏庭では6月から9月頃まで紫の桔梗が花開く

写真提供：廬山寺

## Hikaru Genji

Hikaru Genji's mother, Kiritsubo-no-koi, was the emperor's favorite wife among many that he had. However, because her father's rank was lower than those of other wives' fathers, she had the lower title for a wife of the emperor, Koi. The higher-rank wives were jealous of Kiritsubo-no-koi and often picked on her.

With a low-ranking mother, Genji's path to the throne was difficult in spite of his charm and talent. Adding to his struggle, his maternal grandfather passed away early and his mother died when he was three. He lacked crucial political backing, and had insecure status. Emperor Kiritsubo, Genji's father, made the difficult decision to demote the boy to vassal out of his true affection. After that, Genji made his way up with the emperor's confidence and captured the hearts of many court ladies with his beauty.

Genji is an alternate name for members of the Minamoto family, people demoted from the imperial family into the nobility. Some of them turned into samurai. The most famous Genji in Japanese history is the founder of the 12th-century Kamakura Government, shogun Minamoto Yoritomo, or perhaps his younger brother, the warrior Minamoto Yoshitsune.

## 主人公・光源氏について

宮中にいる多くの妃のなかで、光源氏の母である桐壺更衣は、天皇の深い
寵愛を受けていました。しかし、父親の身分が低く、皇妃のなかでは最下
位の更衣にすぎなかったため、上位の女御にねたまれ、いじめられていた
のです。

更衣を母に持つ光源氏も、どんなに愛らしく、才能にあふれていても、天皇
になる道は険しいものでした。しかも、母方の祖父は早くに逝去。頼りの
母も彼が３歳のとき亡くなったため、政治的な後ろ盾がありませんでした。
これは当時としては非常に心細いこと。そこで父である桐壺帝は、光源氏
を臣下の身分に降下させる決心をしました。愛すればこそ、の決断であり、
皇族を離れても、帝の信任厚い光源氏は出世を果たし、その美貌で宮中の
女性たちを虜にしたのです。

光源氏の「源氏」とは、臣籍降下したかつての皇族の姓です。日本の歴史
上で最も有名な「源氏」といえば、鎌倉幕府を開いた源頼朝か、その弟で
ある源義経の名があがるように、「源氏」の一部は武家になりました。

源氏物語とは

# The Tale of Genji Synopsis

There was a prince whose father was Emperor Kiritsubo and mother was one of the Kois, the lower-rank court ladies who worked in the emperor's sleeping quarters. The emperor cherished this Koi regardless of her rank and their son grew up so beautiful and smart that people called him "shining prince." But the boy's mother passed away while he was still very young. Worried about the future of this young son, the emperor gave him the surname Minamoto (or Gen-ji) and demoted him to vassal status. He is the hero of the novel, Hikaru Genji.

## 物語のあらすじ

桐壺帝を父に、桐壺更衣を母に持つ皇子がいました。身分は低くても、帝は更衣を寵愛し、皇子も「光る君」と呼ばれるほど美しく賢く育ったのですが、皇子が幼いときに、母である更衣がこの世を去ります。皇子の行く末を案じた桐壺帝は、彼を臣下の身分にして、「源」の姓を与えます。これが物語の主人公、光源氏です。

源氏物語とは

伝土佐光則 筆『源氏絵鑑帖』巻八・花宴
（宇治市源氏物語ミュージアム所蔵）

The emperor's new wife, Fujitsubo, looked like the late Koi, and he cherished her very much. Hikaru Genji also fell in love with her, looking for the image of his late mother. He finally pursued his forbidden love and Fujitsubo gave birth to his boy, who was raised as the tenth prince of Emperor Kiritsubo and later became the emperor himself.

Hikaru Genji married Aoi-no-ue, a daughter of another powerful family. The couple was blessed with a boy Yugiri, but their relationship was distant. The cadish Genji had affairs with many ladies, including Yugao, whom he romanced without even knowing her name; Suetsumu-hana, a daughter of a fallen royal; Rokujyo-no-miyasudokoro, a widow of the late prince; Oborozukiyo, a daughter of an elite family; and others.

After losing his wife Aoi-no-ue, Genji married Fujitsubo's niece and lookalike, Murasakino-ue. He had adopted her when she was very young and had been raising her to be his ideal woman. Later, when he was exiled to Suma, he met Akashi-no-kimi and had a baby girl between them, who would later become empress.

Genji kept rising in rank and had a mansion called Rokujyo-in where his wives lived together. While he was enjoying his prosperity, former Emperor Suzaku-in forced him marry his niece, Onna-sannomiya. Murasaki-no-ue agonized over his new wife and this troubled Genji. As time passed, his best friend's son, Kashiwagi, committed adultery with Onna-sannomiya and had a son, Kaoru. Genji had no choice but to accept the illegitimate son as his own and wondered if it was the result of his mistakes in his younger days. Finally, his loving Murasaki-no-ue passed away and the depressed Genji considered becoming a priest.

やがて、桐壺更衣に瓜二つの藤壺が桐壺帝の妃となり、帝の寵愛を受けます。光源氏も母の面影を求めて彼女を慕いますが、それが許されぬ恋に。ついに光源氏と結ばれた藤壺は、男子を生みます。この子は桐壺帝の十番目の皇子として育てられ、のちに天皇となるのです。

一方、光源氏は、有力者の娘である葵の上と結婚。嫡子・夕霧にも恵まれますが、夫婦の仲はよそよそしいものでした。名も知らぬまま愛しあった夕顔、没落した宮家の娘・末摘花、名門の令嬢・朧月夜など、多くの女性と恋愛遍歴を重ねる日々。そんななか、恋人のひとり、前の東宮（皇太子）の未亡人・六条御息所は、自分が光源氏の愛人にすぎないことを嘆き、生霊となって葵の上に取り憑くのです。

葵の上が亡くなると、藤壺の姪・紫の上と正式に結婚します。光源氏は、藤壺によく似た幼い紫の上を秘かに引き取り、自分の手元で理想の女性に育て上げていたのです。また、光源氏が須磨に流されていた時に結ばれた明石の君との間には、のちに皇后となる娘が生まれます。

出世を続けた光源氏は、六条院という大邸宅に女たちを住まわせて、栄華を極めます。しかし、朱雀院の意を受けて、姪にあたる皇女・女三の宮を形ばかりの正妻にした頃から、その輝かしい人生に暗雲が……。苦悩する紫の上に、戸惑う光源氏。やがて、親友の息子・柏木が女三の宮と関係を持ち、男子・薫が生まれます。血のつながらない薫をわが子とすることになった光源氏は「若き日に犯した過ちの報いか…」と苦しみます。そして、最愛の紫の上が亡くなり、失意の光源氏は出家を考えるのです。

After Genji's death, the story continues in *Uji Jujo* (The Ten Chapters of Uji), which takes place in nearby Uji. The main characters are Genji's youngest son—actually a son of Kashiwagi—Kaoru, and his grandson, Niou-no-miya. While Kaoru was reserved, Niou-no-miya was passionate. They were close but also rivals in romance. The story portrays the tragic love of these two main characters.

光源氏亡きあとの世界を描く物語の後半「宇治十帖」では、舞台を宇治に移します。主人公は、光源氏の末息子（実の父親は柏木）である薫と、孫の匂宮。落ち着いた薫と、情熱的な匂宮。親しい関係でありながら、恋のライバルでもあった二人の悲恋が描かれます。

宇治十帖モニュメント。浮舟と匂宮の名場面より

伝土佐光則 筆『源氏絵鑑帖』巻四十五・橋姫
（宇治市源氏物語ミュージアム所蔵）

## Translations in Modern Language and Foreign Languages, Comics

*The Tale of Genji* was widely read among Heian nobilities. However, there were already many explanatory notes toward the end of Heian period, which explains that the novel was not an easy read even then. Needless to say, it is difficult to comprehend in the original language now. There have been various translations into modern Japanese since the Meiji period.

The famous poet Yosano Akiko, literary legend Tanizaki Junichiro, and other well-known authors like Enchi Fumiko, Tanabe Seiko, Hashimoto Osamu, and Setouchi Jakucho, to name a few, have translated this novel—all became best sellers, thanks to Genji's timeless popular. Nonetheless, it is not easy to finish the entire novel and for many Japanese, it is a masterpiece that they would like to read someday but find hard to get started.

*The Tale of Genji* has been translated into over 20 foreign languages. There are several English translations, including those by Arthur David Waley, Edward George Seidensticker, and Royall Tyler.

The most widely read version of this novel in Japanese, however, could be *Asaki Yumemishi*, a manga (comic book). The author, Yamato Waki, read the original book thoroughly and faithfully recreated it into a manga for girls. She succeeded in visualizing the gorgeous lifestyle of Heian court culture and made the story appealing and easy to understand.

## 現代語訳、外国語訳
## マンガ版

平安時代から『源氏物語』は貴族のあいだで広く読まれてきました。とはいえ、平安末期には既に数多くの注釈本や、あらすじを書いた梗概書が作られており、当時の人にとっても解読は容易ではなかったようです。ましてや現代人が原文のまま理解することは、（和歌などの解釈が難しく）相当に困難です。そういうわけで明治以降、多数の現代語訳が出版されました。

女流歌人・与謝野晶子、文豪・谷崎潤一郎をはじめ、円地文子、田辺聖子、橋本治、瀬戸内寂聴といった錚々たる作家たちが現代語訳に挑んでいます。どの版もベストセラーになっていることから『源氏物語』の変わらぬ人気がうかがえます。が、実のところ、全巻を読破するのは至難の業。多くの日本人にとっては、「いつかは読みたいと思っているが、なかなか手を出せない名作」といえるでしょう。

20以上の外国語にも翻訳されており、英語版だけでも Arthur David Waley、Edward George Seidensticker、Royall Tyler 訳など、いくつかの種類があります。

しかし、現代の日本で最も広く読まれている『源氏物語』は、マンガ『あさきゆめみし』かもしれません。作者の大和和紀は原典をしっかりと読み込み、ほぼ忠実に少女マンガ化。絢爛豪華な平安朝の宮廷社会をヴィジュアル化するだけでなく、魅力的かつ、非常にわかりやすい作品に仕上げたのです。

You may call it a modern-day Tale of Genji picture scroll (emaki). The complicated relationships between the characters can be easily comprehended in this version. Setouchi Jakucho, one of the authors to the modern Japanese translation, praises this manga and says, "Yamato Waki is the 20th century Murasaki Shikibu. She could be the reincarnated Murasaki Shikibu."

Although this manga version of *The Tale of Genji* was published about 40 years ago, it has been continuously purchased and is regarded as a classic. Today, the total sales have reached approximately 18 million copies. Many high school students read this comic to understand the original novel to prepare for exams. It has been translated into foreign languages and has spread the story to wider audiences.

『あさきゆめみし』は、いわば、現代版の「源氏物語絵巻」。登場人物の複雑に入り組んだ人間関係も、マンガで読めばすんなり頭に入ってきます。現代語訳も手掛けた作家の故・瀬戸内寂聴は「大和和紀さんは20世紀の紫式部です。もしかしたら、紫式部が生き返ったのが大和さんかもしれません」と絶賛しています。

40年ほど前に描かれた作品ですが、「名著」と評されるだけあっていまなお売れ続けており、累計売上は約1800万部に達します。高校の古典の試験や受験問題で『源氏物語』がよく出題されることから、ストーリーを理解するために、まず『あさきゆめみし』を読む学生も多いほど。海外でも翻訳出版され、『源氏物語』の魅力を広めることに一役買っています。

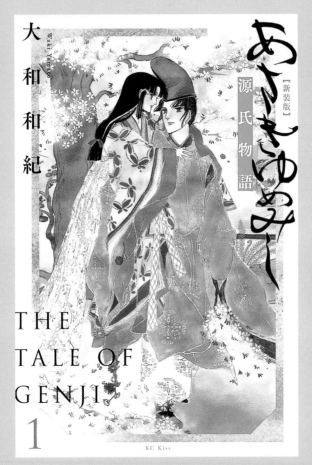

あさきゆめみし

【新装版】

源氏物語

大和和紀

Waki Yamato

THE
TALE OF
GENJI
1

KC Kiss

入門書として圧倒的な人気を誇るマンガ版。
『あさきゆめみし 新装版（1）』大和和紀（講談社）

源氏物語とは

## Movies, Plays, Animations

*The Tale of Genji* has become a popular theme of art including picture scrolls, craftworks, Noh plays and Kabuki theater. In the 20th and 21st centuries, a variety of movies, plays, TV dramas, and animated films based on the story have been produced. Hikaru Genji is usually played by popular, good-looking actors or sometimes by actresses dressed as a handsome man. The movie *The Tale of Genji—The Mystery of The Millennium* was released in December 2011. It featured author Murasaki Shikibu as the main character, and portrayed the historical reality of her creating the novel with the imaginary world of the novel appearing at the same time.

## 繰り返し映像化、舞台化される『源氏物語』

『源氏物語』は古くから、絵巻物などの絵画や工芸、能、歌舞伎の題材となっ
てきました。20世紀以降は、映画、演劇、テレビドラマ、アニメーション
などが数多く制作されています。主人公・光源氏を演じる俳優は、その時
代を代表する美男子ですが、並外れた美しさを表現するために、女優が男
装して演じることも。2011年12月に公開された映画『源氏物語　千年
の謎』では、主人公を作者・紫式部に設定。「源氏物語」誕生の裏側という
歴史的事実と、光源氏を取り巻く架空の物語の世界が交錯する、今までに
ない切り口の作品になっています。また、2024年のNHK大河ドラマ「光
る君へ」でも紫式部の一生が描かれます。

伝土佐光則 筆『源氏絵鑑帖』巻三・空蝉
（宇治市源氏物語ミュージアム所蔵）

Ukyo-ku

Sakyo-ku

Kita-ku

Kamigyo-ku

Nakagyo-ku

Shimogyo-ku

Nishikyo-ku

Higashiyama-ku

Yamashina-ku

Minami
-ku

Fushimi-ku

Uji-City

HEIAN JINGU SHRINE

# PART 3

*The Models of the Story_2*

# HEIAN JINGU SHRINE AND AOI MATSURI

第 3 章　物語の舞台を訪ねて _2

平安神宮と葵祭

# Heian Jingu Shrine and Aoi Matsuri

While Kyoto Gosho is the site where the emperors actually resided, Heian Jingu Shrine is a copy of the Imperial Palace, recreating the old image of the Heian period.

Heian Jingu was built in 1895, commemorating 1,100 years since the founding of Heian-kyo. It honors Emperor Kammu, who established the capital in Kyoto, and Emperor Komei, the last emperor who resided in Kyoto.

The shrine complex is a five-eighths' scale replica of the Chodoin, the palace's main hall, where the important events and daily administrative duties were performed. Entering the Ohten-mon gate, there is an open space covered with white pebbles. The large red shrine behind it is the central building, Daigokuden. The corridors spread to right and left from here and there is an elegant shrine garden, Shin-en, in the back.

Heian Jingu appears more colorful compared to other shrines and temples in Kyoto. This would be a perfect spot to imagine how Hikaru Genji lived.

## 平安神宮と葵祭

京都御所は天皇が実際に住んでおられた場所ですが、それに対して、いにしえの平安朝の姿を再現したのが平安神宮です。

この神社は、平安遷都1100年を記念して、明治28年（1895年）に建てられたもの。京都に都を移した桓武天皇と、京都に住んだ最後の天皇、孝明天皇を祀っています。

平安神宮では、平安京の正庁・重要な行事や日常の政務を執り行う朝堂院（ちょうどういん）が8分の5の大きさで復元されています。応天門をくぐると、白い玉砂利が敷かれた広大な広場が目の前に広がります。その奥には朱塗りの大きな拝殿が。これが大極殿（だいごくでん）で、この神社の中心的な建物です。大極殿の左右には回廊がのび、裏手には風雅な神苑が広がっています。

他の京都の神社仏閣と比べると、色彩がひときわあざやかなのが印象的。光源氏がいる宮中の風景を想像するには、まさにうってつけの場所といえるでしょう。

complex　複合体、総合施設（平安神宮は複数の建物で構成されているため、その全体を指して shrine complex とした）
pebble　（道や庭などに敷く）小石、玉砂利

疎水をゆったりと進む十石舟と桜並木に、岡崎公園のシンボル、平安神宮の大鳥居が映える

平安神宮の外拝殿にあたる大極殿。平安時代の様式を模して建造された

There are many interesting places to see in the shrine garden. The area surrounding the Taihei-kaku (Hashidono) is especially beautiful. This covered bridge over the pond allows you to see a breathtaking view of the landscape when the red weeping cherry trees blossom in spring. The autumn foliage season and the snowy season also have their own beauty. It would be a great loss not to see this garden.

Another popular time to visit is the Jidai Matsuri (Festival of the Ages) on October 22nd of each year. This festival includes a magnificent parade of people dressed in traditional costumes, recreating the history from the Heian period to the Edo period, when Kyoto was the capital of Japan.

Each year a lady dressed as Murasaki Shikibu, the author of *The Tale of Genji*, strolls in this parade draped in layers of colorful kimonos.

名園として名高い神苑の池に架けられた泰平閣（橋殿）

神苑の見どころはたくさんありますが、（大正時代のはじめに京都御所から移築された）泰平閣（橋殿）の周辺は、とりわけ趣きがあります。紅しだれ桜が咲く頃、橋殿から池を眺めると、その贅沢な景色に言葉を失うほど。秋の紅葉、冬の雪景色も、それぞれ捨てがたいものがあります。神苑を観ずに帰ってしまうのは、あまりにもったいないといえるでしょう。

毎年10月22日に行われる「時代祭」に合わせて、平安神宮を訪問するのもおすすめです。時代祭では、江戸時代から平安時代まで、つまり、京都に都があった時代の風俗を再現した、華やかな「時代風俗行列」が行われます。

美しい平安装束を身に着け紫式部に扮した女性も、毎年、平安時代の行列に加わります。

---

covered bridge　屋根の付いた橋（橋殿のこと）
foliage season　紅葉の時期（foliage は木の葉のこと）
draped in layers of colorful kimonos　幾重にも重ねた色鮮やかな着物をまとって（平安時代の女官の装
　束を説明している）

写真提供：平安神宮

When it comes to festivals (matsuri in Japanese), the Aoi (Kamo) Matsuri of Kamigamo and Shimogamo Shrine should not be forgotten. Celebrated on May 15th, the festival goes back over 1,400 years and was one of the important national events of the Heian period, praying for good harvests and peace for the nation. Their spectacular pageantry entertaining the people of the town.

*The Tale of Genji* depicts a scene from the festival day when the whole town was crowded with people. While the prince Genji was the main sight of the procession, his lawful wife, Aoi-no-ue, and his lover, Rokujo-no-miyasudokoro, fought over a spot for their oxcarts from which to view. Losing the competition and feeling ashamed, Rokujo-no-miyasudokoro held a grudge toward Aoi-no-ue; later, upon hearing the news of Aoi-no-ue's pregnancy with Genji, her jealous spirit would haunt Aoi-no-ue to her death.

The Kamo Matsuri is now called Aoi Matsuri because hollyhock (aoi in Japanese) leaves are used to decorate the bamboo blinds, crowns and oxcarts.

賀茂祭 (葵祭) に先立ち、斎王代と女人列の参加者が身を清める神事、斎王代禊の儀

写真提供：下鴨神社

賀茂祭の行列は京都御所を出発し、下鴨神社を経て上賀茂神社へと向かう

また、祭といえば、忘れてはいけないのが、上賀茂神社と下鴨神社の例祭である「葵祭（正式名称は賀茂祭）」です。五穀豊穣と天下安寧を祈るため1400年以上前に始まったといわれ、現在は、毎年5月15日に行われています。平安時代において、この祭りは重要な国家的行事でした。また、華やかな行列を見物することが、京の人々の娯楽にもなっていたようです。

祭の日、市中はたいへんな混雑ぶりだったと『源氏物語』にも記されています。特に有名なのが、行列の華・光源氏を観るための見物場所を巡って、光源氏の正妻である葵の上と、愛人の六条御息所の牛車が張り合う「車争い」の場面。このとき恥をかかされた六条御息所が、光源氏の子を身ごもった葵の上に嫉妬し、生霊となって葵の上を取り殺すという展開になるのです。

すだれや冠、牛車に葵（フタバアオイ）の葉を飾ることから、賀茂祭は、現在、葵祭の名で呼ばれています。

---

good harvests　五穀豊穣、豊作
pageantry　豪華で壮麗な儀式やパレード
lawful wife　法によって認められた妻、正妻
hold a grudge　恨みや怨念を抱く

---

写真提供：上賀茂神社

The Models of the Story 2 - Heian Jingu Shrine and Aoi Matsuri

The world of *The Tale of Genji* still lives in this festival. The procession starts from the palace at 10:30 a.m. and arrives at the Kamigamo Shrine at around 3:30 p.m., recreating the elegant Heian pageantry in the bright green of spring. The roadsides are crowded with the onlookers vying for good viewing spots, just like in the Heian period.

Together with the Gion Matsuri, which takes place throughout the month of July and culminates in a float-filled parade, the Jidai Matsuri and Aoi Matsuri are called Kyoto's Three Great Festivals.

葵祭では、『源氏物語』にも描かれた情景を、今日でも実際に見ることができます。京都御所を午前10時半に出発した行列は、午後3時半頃、上賀茂神社に到着。輝く新緑のなか、5時間にわたる雅な平安絵巻が繰り広げられるのです。行列がよく見える場所を確保しようと、人々が沿道でひしめき合うさまは、今も昔も変わりません。

この葵祭と、先の時代祭、そして「祇園祭」を合わせて「京都三大祭り」と呼ばれます。祇園祭では、7月を通してさまざまな行事が行われ、豪華な懸装品で飾られた山鉾が都大路を進む山鉾巡行で最高潮を迎えます。

多くの人で賑わう祇園祭宵山。コンチキチンという祇園囃子が祭り気分を盛り上げる

---

onlooker　見物人、観客
vying for ～　～を競い合う、～を争う
culminate in ～　～で終わる、～でクライマックスに達する

---

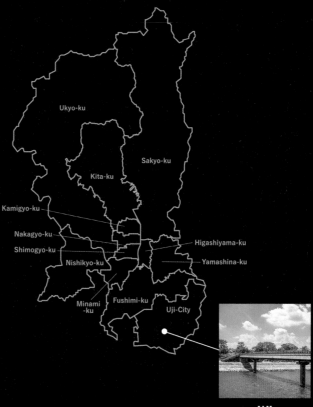

Ukyo-ku

Sakyo-ku

Kita-ku

Kamigyo-ku

Nakagyo-ku

Shimogyo-ku

Higashiyama-ku

Nishikyo-ku

Yamashina-ku

Minami
-ku

Fushimi-ku

Uji-City

UJI

郵便はがき

# １０２８６４１

東京都千代田区平河町2-16-1
平河町森タワー13階

## プレジデント社

### 書籍編集部 行

| フリガナ | | 生年（西暦） | | |
|---|---|---|---|---|
| | | | | 年 |
| 氏　　名 | | | 男・女 | 歳 |
| 住　　所 | 〒 | | | |
| | TEL　　　（　　　　） | | | |
| メールアドレス | | | | |
| 職業または<br>学　校　名 | | | | |

この度はご購読ありがとうございます。アンケートにご協力ください。

本のタイトル

●ご購入のきっかけは何ですか?(○をお付けください。複数回答可)

　1　タイトル　　　2　著者　　　3　内容・テーマ　　　4　帯のコピー
　5　デザイン　　　6　人の勧め　7　インターネット
　8　新聞・雑誌の広告（紙・誌名　　　　　　　　　　　　　　　　　　　）
　9　新聞・雑誌の書評や記事（紙・誌名　　　　　　　　　　　　　　　　）
　10　その他（　　　　　　　　　　　　　　　　　　　　　　　　　　　）

●本書を購入した書店をお教えください。

　書店名／　　　　　　　　　　　　　　　（所在地　　　　　　　　　　）

●本書のご感想やご意見をお聞かせください。

●最近面白かった本、あるいは座右の一冊があればお教えください。

●今後お読みになりたいテーマや著者など、自由にお書きください。

どうもありがとうございました。

PART 4

*The Models of the Story_3*

# THE TALE OF GENJI "UJI JUJO" AND UJI

第4章　物語の舞台を訪ねて_3

源氏物語「宇治十帖」と宇治

# The Tale of Genji "Uji Jujo" and Uji

The last ten chapters of *The Tale of Genji* takes place in the town of Uji, located on the southern outskirts of Kyoto. After Hikaru Genji passed away, the story follows his youngest son, Kaoru, and his grandson, Niou-no-Miya, on their own tragic romances. It is as if spring turns to fall and day becomes evening. Some researchers claim that *Uji Jujo* was written by someone other than Murasaki Shikibu, possibly even a man. However, the belief that Lady Murasaki is the author is widely accepted.

Uji was blessed with nature's beauty and Heian aristocrats preferred to have their villas there. Minamoto-no-Toru, who is believed to be a model for Hikaru Genji, and Fujiwara Michinaga, Lady Murasaki's patron, had villas in Uji, where they enjoyed taking their boats out and viewing the autumn foliage. Lady Murasaki would have likely accompanied Empress Shoshi on visits to Uji and gained ideas for the story.

Uji was the type of place where the Heian nobility could have felt a solemn peace in their souls. You can get glimpses of the Buddhist's view of the world, with its emphasis on the transience of human life, throughout the ten chapters of *Uji Jujo*.

# 源氏物語「宇治十帖」と宇治

『源氏物語』の最後の10帖（「宇治十帖」と呼ばれる）は、京都市の南にある宇治に舞台を移します。光源氏亡きあと、主人公は、光源氏の末の息子である薫（※実は柏木の子。P47の「物語のあらすじ」参照）と孫の匂宮に変わり、しっとりとした悲恋が描かれます。華やかだった物語が、さながら「春」から「秋」、「昼」から「夜」に転じるように変化する……。それゆえ「宇治十帖」は紫式部ではない別の人、しかも男性が書いたものだと主張する研究者もいるほど。とはいえ、「紫式部が書いたものだ」という定説は揺るがないようです。

美しい自然に恵まれた宇治は、平安貴族が好んで別荘を構えた場所でした。光源氏のモデルといわれる源 融も、紫式部のパトロンであった藤原道長も宇治に別荘を持ち、舟遊びや紅葉狩りを楽しんでいたようです。おそらくは、紫式部も、中宮・彰子のお供で宇治を訪れていたのでしょう。その体験から、物語の着想を得たと考えられています。

宇治は、当時の貴族にとって、魂の安らぐ宗教的な場所でもあったとか。そこで「宇治十帖」にも、無常観といった仏教的な世界観が見え隠れするのです。

---

be blessed with 〜に恵まれている、〜の恩恵を受けている
villa 別荘
transience of human life 命のはかなさ、無常観

川霧に包まれた宇治のシンボル、宇治橋と宇治川。宇治といえば「憂し」。憂いを帯びたイメージが宇治十帖の

世界観と重なる

物語の舞台を訪ねて 3 ‐ 源氏物語「宇治十帖」と宇治

Starting with "Hashi Hime" (bridge princess) and ending with "Yume-no-uki-hashi" (floating bridge of dreams), the mist-covered Uji River and bridge are the important and evocative motifs throughout the tale.

The bridge, which represents the connection between this world and the other world, as well as the connection between men and women. With this image of the bridge, let's leave Kyoto city behind and extend our visit to Uji.

Hopping onto a JR rapid train at Kyoto Station, you can get to Uji in 16 minutes. Even though Uji has been talked about in numerous literary works, including *Man-yo-shu* ("The Anthology of Myriad Leaves") and *The Tale of Heike*, for its beautiful scenery, not that many people come to visit. It could be because it is not well known compared to the more famous sightseeing spots in Kyoto, or that it seems far away although it is not. Uji is a nice place to visit without the rush and the crowds.

There is an old bridge crossing over Uji River called Uji-bashi, originally built in 646. The view of this bridge, together with the clear water and somber mountains in the background, is magnificent. There is a statute of Murasaki Shikibu at the foot of Uji Bridge, and a monument of a scene from *Uji Jujo* is at the other side. Recently, Uji-city has been trying to attract tourists as the "Town of *The Tale of Genji*."

「橋姫」ではじまり「夢浮橋」で終わるように、霧にけむる宇治川や橋が重要なモチーフになっているのも、何かを暗示しているよう。

この物語における「橋」とは、彼岸（あの世）と此岸（この世）、そして男と女をつなぐもの——そんなことを頭に置きながら、「宇治十帖」の舞台を訪ねるため、京都市内から宇治へと足を伸ばしてみましょう。

京都駅からJRの快速電車で16分。宇治は『万葉集』や『平家物語』など、さまざまな文学にも登場する風光明媚な土地です。にもかかわらず、宇治を訪れる観光客はそれほど多くありません。京都の中心地にある名所に比べて知名度が低く、実際はそれほど遠くないのに、「遠い」というイメージがあるからでしょうか。ですが、その分、落ち着いてゆったりと観光できるのが宇治の魅力ともいえます。

宇治川には、宇治のシンボルともいえる宇治橋がかかっています。もともとは646年に架けられたという古い橋で、清らかな川の流れ、憂いを帯びた山々の風景とあいまって、その眺めは一幅の絵のようです。宇治橋のたもとには紫式部の像が。対岸には、「宇治十帖」の有名な場面を題材にしたモニュメントも建てられています。近年、宇治市は「源氏物語の街」であることを前面に打ち出して、観光PRに力を入れているのです。

evocative　示唆に富む、喚起する
The Anthology of Myriad Leaves　『万葉集』(Man-yo-shu も使われる)
somber　くすんだ、物憂げな

戦火で諸堂は焼失するも、後に鳳凰堂と呼ばれる阿弥陀堂は無事で、平安時代の優美な姿をいまに伝える

（©平等院）

鳳凰堂の本尊・阿弥陀如来坐像は日本を代表する仏師定朝の作（©平等院）

There are many spots of historical interest related to the Heian period for tourists and Genji fans alike. Byodo-in Temple's Hou-ou-do (Phoenix Hall) is the city's must-see spot. If you have a ten-yen coin, see the picture on the front: Phoenix Hall. This hall dedicated to the Amida Buddha has transepts to its left and right, and it seems just like a phoenix spreading its wings. The image reflecting on the pond is also breathtakingly beautiful.

There is a 300-year-old wisteria tree, which has gorgeous flowers blooming on a trellis during the spring. The purple wisteria flowers fit perfectly with the elegance of Heian culture.

宇治には平安時代の面影を伝える古跡も随所に残されており、『源氏物語』ファンならずとも見どころがたくさん。なかでもぜひ訪れたいのが平等院・鳳凰堂です。手元に10円硬貨があれば、コインの表側の図柄を見てください。それが鳳凰堂です。左右に翼廊を持つ阿弥陀堂（鳳凰堂）の姿は、まさに羽を広げた鳳凰そのもの。池の水面に映るお堂の姿も息を呑むほどの美しさです。

春には、樹齢300年といわれる藤の古木が、藤棚に見事な花を咲かせます。紫色の藤の花は、平安文化の雅によく似合います。

transept　翼廊（中心部分の両脇から袖のように突き出た建物）
wisteria　藤
trellis　つる植物を上にはわせるための格子垣／棚

Byodo-in Temple was created by Fujiwara Yorimichi, the chief advisor to the emperors, in 1052, by remodeling the resort house that he inherited from his father, Michinaga, who was the most powerful and influential political noble of that time. Phoenix Hall was built the following year, 1053. This elegant hall was to represent the image of heaven and still captivates its visitors today. It is believed that the entire garden—with the Uji River and the mountains in the background—was built as an earthly replica of pure land, the Buddhist image of heaven.

It is almost a miracle that the temple hall and statues of the Buddha from around 1,000 years ago have survived fires and bombings and still stand in front of us today. In comparison, the Muryoko-in Temple of Hiraizumi in Tohoku, which was modeled after Phoenix Hall, has long been burnt down to only remains in a bleak field.

平等院は、宇治関白・藤原頼通が、1052年、父・道長から受け継いだ別荘（宇治別業）を寺院としたもの。鳳凰堂は、翌1053年に建てられました。極楽浄土をこの世に具現化したといわれる絢爛かつ優美なお堂は、平安時代の人々はもちろん、現代の私たちをも魅了してやみません。また、庭園の様式は平安時代を代表する浄土庭園で、宇治川や対岸の山並みまでを一体として、極楽浄土の光景を表現していたと考えられています。

約1000年前につくられたお堂や仏像が、火災や戦火を免れてそのままの姿でいまに伝えられているのは、奇跡のようなこと。この鳳凰堂を模して建てられた東北・平泉の無量光院が、現在は遺構だけを残して、寂寥とした野原になっていることを考えると、なおさらです。

---

chief advisor to the emperor　関白（chancellor を使うこともある）
pure land　極楽浄土
hall　寺社のお堂（本殿、本堂は main hall）
be burnt down　焼け落ちる

---

平等院庭園の遠景。宇治川や対岸の山々までを一体として極楽浄土をイメージした浄土庭園である（©平等院）

It is said that Minamoto-no-Toru had his resort house on the Byodo-in site. In *Uji Jujo*, Niou-no-miya visits Yugiri, Hikaru Genji's son, at his resort villa in Uji. It is believed that Yugiri's villa was modeled on this temple.

In this villa, Niou-no-miya and his guests would play music—the sound of which traveled over the Uji River to reach the mountain villa of Hachi-no-miya, Genji's half brother, whose daughters had relationships with both Kaoru and Niou-no-miya. The model for Hachi-no-miya's mountain villa could be the Ujikami Shrine.

The altar hall at Ujikami Shrine is made in the simple yet tasteful style of a Heian aristocrat's residence. The main hall was made in the Heian period and is known as the oldest shrine building in Japan. It is rather a quiet, small shrine blending in with the trees in the back, but it is registered among the UNESCO World Heritage sites of ancient Kyoto.

もともとこの地には、源融の別荘があったといわれています。そんな背景から、「宇治十帖」で匂宮たちが遊びに来る夕霧（光源氏の嫡男）の宇治の別荘のモデルは平等院だと考えられているのです。

夕霧の別荘で、匂宮たちが管弦の遊びをしている。その音が宇治川をわたって、対岸にある八の宮（光源氏の異母弟。その姫君たちと薫や匂宮が関係を持つ）の住まいにも響いてくる……。「宇治十帖」にそんな場面がありますが、その八の宮邸を思わせるのが宇治上神社です。

拝殿は寝殿造りで、王朝貴族の邸宅の風雅を感じさせます。本殿は平安時代の創建で、現存する日本最古の神社建築だとか。周囲の緑ととけあうようにひっそりと建つ小さな神社ですが、ユネスコの世界遺産に登録されています。

平等院といえば藤の花。樹齢300年ともいわれる古木も。
花房が1メートル以上垂れ下がる「砂ずりの藤」が見事（©平等院）

---

half brother　異母（父）兄弟
tasteful　風流な、趣のある、上品な
style of a Heian aristocrat's residence　平安時代の貴族の邸宅の様式＝寝殿造り（Shinden-zukuri style
　　とそのまま表記することもある）

世界遺産、宇治上神社。平安時代後期に造営された本殿は、現存する日本最古の神社建築

The locations of the Byodo-in Temple and Ujikami Shrine are exactly the same as the two villas in *Uji Jujo*. The atmosphere of this place fits perfectly to the story setting where the prince, lamenting his ill fate in the capital's politics, hides out with the princesses. You can imagine hearing the rustling sound of their silk kimonos behind the bamboo blinds.

From Ujikami Shrine, you can walk on a cobblestone trail called Sawarabi-no-Michi (Early Ferns, after the name of a chapter in *The Tale of Genji*) to The Tale of Genji Museum, which explains the world of the novel and the court culture of the time in an easy to understand manner. There is a model of Rokujo-in, Genji's residence, costumes and furnishings of the time, and a theater where you can see a movie of some wellknown scenes from *Uji Jujo*. The museum offers a good background on the story that would be helpful before visiting the sightseeing spots associated with the novel.

The most notable item in this museum is a restored oxcart, which is lacquered to a gloss and larger and higher than would be expected—nobles in the Heian period would use stepstools in order to get on it. It must have been even more impressive to see an oxcart on the main avenue to the court, Suzaku Oji, than to see a stretch limousine on Manhattan's Fifth Avenue today.

（宇治川をはさんで西側に位置する）平等院の対岸という宇治上神社の立地は物語の八の宮邸と同じ。政局に巻き込まれた不遇の皇子が、都を離れて姫君たちと隠棲するという設定にぴったりの雰囲気です。御簾の向こうから、宮様や姫君たちの衣擦れの音が聞こえてくるようです。（※実際にこのあたりに、宇治上神社の祭神で、八の宮のモデルと考えられる悲劇の皇子・菟道稚郎子の邸宅があったという）

その宇治上神社から、石畳の遊歩道「さわらびの道」（『源氏物語』第48帖の巻名「早蕨」にちなむ）をしばらく歩くと「宇治市源氏物語ミュージアム」に着きます。ここは『源氏物語』の世界や当時の宮廷文化をわかりやすく紹介するための施設。光源氏の邸宅「六条院」の模型や、当時の装束、調度品の展示、「宇治十帖」の名シーンを映像化したシアターなどがあります。ここでまず物語のあらすじをおさらいしてから、ゆかりの地を巡るのもいいかもしれません。

展示品のなかでも圧巻なのは、復元された牛車でしょう。つややかな漆塗りの車は想像以上に大きく、高さもあります。平安時代の貴人たちは、踏み台を使って中に乗り込んだとか。この牛車が朱雀大路を進むさまは、ニューヨーク5番街を走るストレッチリムジン以上の存在感を放っていたにちがいありません。

物語の舞台を訪ねて 3 - 源氏物語「宇治十帖」と宇治

lament　〜に失望する、〜を嘆き悲しむ
hide out　身を隠す
cobblestone trail　石畳の歩道、遊歩道
early ferns 芽を出したばかりのワラビ、早蕨
lacquer　漆を塗る

The Models of the Story 3 - The Tale of Genji "Uji Jujo" and Uji

宇治市源氏物語ミュージアムで展示されている六条院の100分の1模型。光源氏の邸宅・六条院は広さ4町

物語の舞台を訪ねて 3 - 源氏物語「宇治十帖」と宇治

（約6万3500㎡）とされる（写真提供：宇治市源氏物語ミュージアム）

The Models of the Story 3 - The Tale of Genji "Uji Jujo" and Uji

Another must-see is the exhibition of Heian incense culture, which was an important part of the lives of the nobility. In *The Tale of Genji*, incense is an indispensable element for portraying each character and scene. The fragrances that Heian nobles used had different aromas from the perfumes of the west, such as sandalwood or aloeswood.

The nobles would blend their own incense and burn it to infuse the smell into their clothing and into letters depending on the occasion. The fragrances were part of their self-expression. Actually, the name of one character, Kaoru, means "scent," and the name of another, Niou-no-miya, means "prince of fragrance." You can smell the sample incenses at this museum and create in your own imagination the fragrances of the characters.

また、平安貴族にとって重要な、香り（お香）の文化を紹介する展示も見逃せません。『源氏物語』のなかで、香りは登場人物の人物描写、情景描写に欠かせない要素です。当時の人が身につけていた白檀や伽羅といった香りは、西洋の香水とはかなりちがう趣の匂いでした。

貴人たちは、自ら調合した香りを、TPOに合わせて着物や手紙に焚き染めていました。燻らす香りが、その人物の性格まで表していたとか。薫や匂宮は、その名のごとく、近づくだけで何ともいえない芳香がしたと書かれています。二人の香りはいったいどんなものだったのか……。展示のサンプルを嗅ぎ比べながら、登場人物の匂いを想像してみてください。

復元展示されている牛車は最も一般的な網代車でサイズとしては中型。
牛車は皇族・貴族の社会的地位を表すものでもあった（写真提供：宇治市源氏物語ミュージアム）

sandalwood　白檀
aloeswood　伽羅
infuse the smell into　〜に匂いをつける

# Uji Tea

Some people think of green tea when hearing the name Uji, for it is a famous green-tea-producing region in Japan. They say that the mist from the Uji River protects the tea leaves and makes them a fine quality. Uji tea is synonymous high quality.

Tea was introduced to Japan by China at the end of the 12th century during the Kamakura period, so it was not yet known at the time of *The Tale of Genji*.

During Muromachi period, which lasted from the 14th through the 16th century, Uji tea became famous. Warlords Oda Nobunaga and Toyotomi Hideyoshi supported the growers. As Nobunaga and Hideyoshi were patrons of the tea ceremony and made it very popular, the reputation of Uji tea grew with it.

Even after the center of politics moved from Kyoto to Tokyo (Edo) during the Edo period, Uji tea growers remained the suppliers to the shogun family and they have kept up the reputation of high-quality tea even to this day.

Uji's natural beauty and clean water, as well as its strong aesthetic sense, have endured for over 1,000 years, sustaining its tea culture is enjoyed all throughout Japan. For example, the name of the popular Japanese dessert, uji kintoki, means matcha (fine powdered tea) and red beans—with the word uji used as a synonym for green tea.

# 宇治茶について

宇治と聞くと、すぐにお茶の香りを連想する人もいるかもしれません。宇治は日本茶の名産地。宇治川の川霧が茶葉をやさしく包み込み、上質のお茶を育むといわれています。「宇治茶」は高級茶の代名詞なのです。

お茶の栽培が中国から日本に伝わったのは、12世紀末の鎌倉時代とされています。つまり『源氏物語』の時代には、まだ広まっていなかったことになります。

やがて宇治での栽培も始まり、室町時代になると、宇治茶はその名を知られるように。宇治の茶園は、戦国時代の武将、織田信長や豊臣秀吉からの庇護を受けます。そして、信長、秀吉によって茶道が隆盛を極めるにつれて、宇治茶の評判はさらに高まったのです。

政治の中心が京都から江戸に移ったあとも、将軍家にお茶を献上するなど、宇治は高級茶の産地としてのブランドを守り続け、今日に至っています。

美しい自然と清らかな水、そして、1000年以上にわたって受け継がれた、その高い美意識が、日本中で親しまれるお茶文化を支えています。たとえば、和菓子で「宇治金時」といえば、「抹茶」と「あずき」を指すように、「宇治といえばお茶（抹茶）」というイメージは定着しています。

宇治茶の4割弱を生産する和束町の茶畑

There are facilities where you can learn how to brew tasty tea, experience the tea ceremony in a casual manner, or see materials having to do with tea manufacturing. Even for those who have had only tea from a bottle or teabag, it is a good opportunity to discover the world of tea.

While enjoying aromatic Uji green tea, you can discover the city's charm, which is a little different from that of central Kyoto, and experience the melancholy world of *Uji Jujo*.

## Tea Shops and Matcha Sweets

You will find many tea shops along the streets in this city. Uji's tea tastes mild and subtly sweet. (Naturally, locals do not add any sweeteners.) Some shops even offer free tastings.

Besides green tea, these shops also make sweets such as cake rolls and cheesecakes with Uji matcha. It is a good idea to stop by a café serving matcha and sweets to take a break from sightseeing. Nakamura Tokichi Honten is a quaint old shop and worth visiting at least to see the building.

中村藤吉本店の建物は、
明治期の茶商の姿をいまに伝える。
右は人気の「生茶ゼリイ」(写真提供：中村藤吉本店)

宇治には、おいしいお茶の淹れ方を教えてくれる施設や、気軽にお茶席を体験できる茶室、製茶関連の資料館なども揃っています。ペットボトル入りのお茶や、ティーバッグのお茶しか飲んだことがないという人にとって、奥深きお茶の世界に触れる絶好の機会となるはずです。

香り高いお茶を味わいつつ、京都の中心部とはまたちがう宇治の魅力、そして、墨絵のごとき憂いを帯びた「宇治十帖」の舞台を堪能してください。

## お茶の店と抹茶スイーツ

宇治では、あちこちでお茶の販売店を見かけます。宇治のお茶はまろやかで、上品な甘みがあります（海外では甘味料を加えた緑茶が人気ですが、もちろん日本人は、日本茶に砂糖などは入れません）。無料で試飲させてくれる店もあるので、本場のお茶をぜひ試してみてください。

煎茶や抹茶などの茶葉だけでなく、店頭には、宇治抹茶ロールケーキ、宇治抹茶チーズケーキといった「抹茶スイーツ」も並んでいます。観光で歩き疲れたら、抹茶やスイーツをいただけるカフェで一休みするのがおすすめ。風情のある店構えの老舗「中村藤吉本店」は、建物を見るだけでも訪れる価値があるでしょう。

Yasaka Pagoda/Hokan-ji Temple
八坂の塔（法観寺）

Kifune Shrine
貴船神社

Cormorant Fishing (Ukai) in the Uji River
宇治川の鵜飼

Fireflies (Himebotaru) Flying at the Riverside of the Katsura River
桂川の河川敷で舞うヒメボタル

Ukyo-ku

Sakyo-ku

Kita-ku

③

Kamigyo-ku

⑧
④
⑤
❶ ⑦ ②

Nakagyo-ku

Shimogyo-ku

Higashiyama-ku

⑥

Nishikyo-ku

Yamashina-ku

Minami -ku

Fushimi-ku

Uji-City

⑨ ⑪ ⑩

❶ KYOTO GOSHO ❷ HEIAN JINGU SHRINE ❸ KAMIGAMO SHRINE
❹ SHIMOGAMO SHRINE ❺ DAIKAKU-JI TEMPLE ❻ SHOSEI-EN GARDEN
❼ ROSAN-JI TEMPLE ❽ UNRIN-IN TEMPLE ❾ BYODO-IN TEMPLE
❿ UJIKAMI SHRINE ⓫ TEA HOUSE TAIHO-AN

# PART 5

# WHERE TO SEE

第5章　紫式部と『源氏物語』ゆかりの地と見どころ

# ① KYOTO GOSHO
## Kyoto Imperial Palace

Kyoto-Gyoen, Kamigyo-ku, Kyoto City, Kyoto
Imperial Household Agency Kyoto Bureau 075-211-1215

京都御所の南面正門、最も格式の高い建礼門

This palace was home of the emperors for 500 years until Emperor Meiji moved the capital to Tokyo in 1869. The current building was built in 1855, following the Heian style. There is the Seiryoden, where the emperors would perform their daily duties, and the Shishinden, where the important ceremonies including the emperor's accession ceremony would be carried out.

It is open to public. Registrations or any other prior arrangements are not required. Admission is free. Free guided tours in English (about 50 minutes) are available.

The palace is surrounded by a large park called Kyoto Gyoen, which is open to public.

106

# ① 京都御所

京都市上京区京都御苑内
075-211-1215（宮内庁京都事務所参観係）

1869年に明治天皇が東京に移られるまで、500年にわたって天皇の居所となっていた宮殿。現存する建物は、1855年、平安様式に倣って造営されたもの。天皇が日常の執務を行う清涼殿、天皇の即位など重要な儀式を行う紫宸殿などが残っている。

現在は、事前申し込み不要の通年公開を行っており、入場料は無料。職員による日本語、英語、中国語の無料ガイドツアーもある（約50分、事前の申し込み不要）。

御所の周辺、かつて公家たちが住んでいた場所は、京都御苑という広大な公園になっていて、自由に散策できる。

御常御殿の御内庭にある御茶室、錦台の秋

16世紀以降、天皇の日常の住まいとして使われた御常御殿

紫式部と「源氏物語」ゆかりの地と見どころ

# ② HEIAN JINGU SHRINE

97 Nishi Tenno-cho, Okazaki, Sakyo-ku, Kyoto
075-761-0221

Heian Jingu was built in 1895, commemorating 1,100 years since the founding of the Heian capital. It is a replica of the Chodo-in, the main hall of the old Imperial Palace, in the scale of five-eighths of the original building. A huge, bright red torii gate stands over Jingu-do Street, marking the entrance to the sacred space of the Shinto shrine. On October 22nd, the Festival of Ages, Jidai Matsuri, takes place here.

The Shin-en (shrine garden) is well known for its cherry blossoms. There is an admission fee for the garden.

## ② 平安神宮

京都市左京区岡崎西天王町 97
075-761-0221

平安遷都 1100 年を記念し、1895 年に建てられた神社。平安京の正庁・朝堂院を 8 分の 5 の大きさに復元している。神宮道（表参道）にそびえる朱塗りの大鳥居が目印。毎年 10 月 22 日には、京都三大祭のひとつ「時代祭」が行われる。

桜の名所として知られる神苑は拝観料が必要。

時代祭の「平安時代婦人列」には、紫式部や清少納言の姿も

平安京朝堂院の様式を模した白虎楼と八重しだれ桜

写真提供：平安神宮

紫式部と「源氏物語」ゆかりの地と見どころ

# ③ KAMIGAMO SHRINE/
# ④ SHIMOGAMO SHRINE
## UNESCO World Heritage Site

**KAMIGAMO SHRINE** 339 Motoyama, Kamigamo, Kita-ku, Kyoto 075-781-0011
**SHIMOGAMO SHRINE** 59 Shimogamo-izumigawa-cho, Sakyo-ku, Kyoto 075-781-0010

上賀茂神社の北北西にある神山をかたどった立砂。陰陽の一対となっている

The Kamo River runs through Kyoto and Kamigamo Shrine is located at its upper reaches and Shimogamo Shrine at the lower reaches of the river. The two shrines are together called Kamosha. They are the oldest shrines in Kyoto; both are registered as UNESCO World Heritage sites.

The successive emperors made offerings and prayers at times of national crisis. Aoi Matsuri, the shrines' annual festival, dates back as early as the 6th century and has always attracted crowds of onlookers since those early days.

写真提供：上賀茂神社

110

# ③上賀茂神社／④下鴨神社
## ユネスコ世界文化遺産

**上賀茂神社** 京都市北区上賀茂本山 339　075-781-0011
**下鴨神社** 京都市左京区下鴨泉川町 59　075-781-0010

京都を流れる鴨川。その上流にある上賀茂神社と、下流にある下鴨神社を併せて賀茂社と呼ぶ。京都でもっとも古い神社で、起源は紀元前にさかのぼるとされる。ともにユネスコの世界文化遺産。

歴代の天皇から特別な信仰を受けており、国家の重大時には必ず天皇が祈願された。2つの神社の例祭である葵祭は、6世紀には始まっていたと伝えられ、当時から多くの見物人で賑わっていたようだ。

紫式部と「源氏物語」ゆかりの地と見どころ

下鴨神社の楼門。東西に廻廊がある

写真提供：下鴨神社

111

The official name of Kamigamo Shrine is Kamo-wake-ikazuchi Jinja; here the divine power of thunder (ikazuchi) is believed to drive away bad luck and protect people from any disaster. The current shrine's foundation was built in 677. On the day of Tango-no-Sekku (the Boys' Festival), May 5th, the Kurabe-uma ritual is held, praying for peace for the nation.

Shimogamo Shrine hosts a traditional kemari event every January 4th. Kemari is a ball-passing game that originally came from China 1,400 years ago and became popular during the Heian period. In the annual kemari event, participants, dressed in the costumes of the Heian nobility, kick the ball in a graceful manner, softly trying to keep it afloat.

相生社は縁結びのご利益で知られる

The yabusame (mounted archery) ritual is held annually on May 3rd, when archers in traditional costume, mounted on galloping horses, shoot targets and reenact scenes of the time of *The Tale of the Genji*.

People come to Aioi Shrine—a small shrine on the grounds of Shimogamo dedicated to the god of good marriage—to pick up a fortune slip based on lines from *The Tale of Genji*.

写真提供：下鴨神社

上賀茂神社の正式名称は「賀茂別雷神社」で、雷の如く強い御神威により、厄を祓いあらゆる災難を除いてくれる厄除明神としても広く信仰されている。現在の社殿の基が造営されたのは677年とされる。5月5日の「端午の節句」には、馬を走らせることで天下泰平と五穀豊穣を祈る「競馬」の神事が行われている。

下鴨神社では、伝統行事「蹴鞠」が毎年1月4日に行われる。蹴鞠は1400年前に中国から伝わった競技が、日本独自の発展を遂げたもの。現在は、往時を偲び、平安時代の公家に扮した人々が華麗な足さばきで鞠を蹴り上げる。

また、5月3日の流鏑馬（馬を走らせながら、馬上から矢を射る）の神事も、『源氏物語』の世界を彷彿とさせる行事である。

下鴨神社の末社で、縁結びにご利益のある「相生社」では、『源氏物語』にちなんだ縁結びおみくじが人気。このおみくじには『源氏物語』のなかの和歌が一首書かれており、その内容で恋を占う趣向である。

毎年4月に上賀茂神社で行われる賀茂曲水宴。その起源は平安時代にさかのぼる。葵祭の斎王代がその年の歌題を披露し、歌人が即興で和歌を詠む

写真提供：上賀茂神社

# Tasty specialties for visitors to the Kamo Shrines

Shimogamo Shrine is also known for its beloved sweet, the mitarashi dango (sticky rice balls on stick, covered in sweet sauce). It is believed that the round shape of the dango mimicked the bubbles seen in the Mitarashino-ike pond at the shrine. In the beginning, people started making these dangos as offerings to the shrine, wishing for the deity's protection for good health. Today, similar dangos are widely available in supermarkets and convenience stores alike, but people are fond of the taste of the original, Kamo Mitarashi Chaya.

Kamigamo Shrine's specialty food is yakimochi, a toasted daifuku (sticky rice cake with sweet bean paste). There is always a line of customers who wish to taste the simple, traditional sweets. Some people believe that this cake is good for avoiding affairs because yakimochi also means "jealousy" in Japanese.

Jinbado is the most popular shop. They close when they sell out.

写真提供：下鴨神社

114

## 賀茂社参拝のお楽しみ　門前の名物

下鴨神社は、庶民のおやつとして根強い人気の「みたらしだんご」発祥の地としても知られる。丸いだんごの形は、境内にある「御手洗池」の水泡を表しているとか。もともとは無病息災を願って神様に供えたもの。似たようなだんごはスーパーやコンビニでも買えるが、元祖といわれる「加茂みたらし茶屋」のだんごの味は、やはり、ひと味ちがうと評判だ。

一方、上賀茂神社の名物は、大福をこんがり焼いた「やきもち」。昔ながらの素朴な味を求めて、門前の店にはいつも行列ができる。やきもちだけに「浮気封じに効く」などと言われる。

「神馬堂」のものが特に有名。売り切れ次第、閉店となるのでご注意を。

毎年1月4日に行われる下鴨神社「蹴鞠はじめ」。
平安貴族の優雅な遊びを再現したもので、蹴鞠保存会によって伝統が継承されている

# ⑤ DAIKAKU-JI TEMPLE

4 Saga-osawa-cho, Ukyo-ku, Kyoto
075-871-0071

Having lost his dear wife Murasaki-no-ue, the heartbroken Genji spent the rest of his life as a priest at Saga-no-in Temple, which is believed to have been modeled after Daikaku-ji. Daikaku-ji Temple was originally an imperial villa for Emperor Saga, successor of the founder of the Heian capital, Emperor Kammu. Murasaki Shikibu is believed to have gotten the idea from the fact that Emperor Saga loved this location, away from the capital's center, and lived in seclusion here.

It is home to the oldest manmade pond in Japan, Osawa Pond, a fine example of Heian gardening style. It is said that one of Japan's traditional flower arrangement schools, Ikebana Sagamiryu, started when Emperor Saga picked chrysanthemum flowers in this palace's garden and arranged them in a pot.

WHERE TO SEE

# ⑤ 大覚寺

京都市右京区嵯峨大沢町4
075-871-0071

最愛の人、紫の上を亡くした光源氏は、傷心の日々を送る。晩年の彼が出家生活を送った「嵯峨の院」のモデルとされるのが、大覚寺である。大覚寺の前身は、平安京を開いた桓武天皇の次の天皇、嵯峨天皇の離宮「嵯峨院」。嵯峨天皇が都の中心から離れたこの地を愛し、隠棲したことから、紫式部はインスピレーションを得たのではないかといわれている。

寝殿造の建物が優美。境内にある日本最古の人工池・大沢池が、平安時代の庭園の様式を伝える。また、華道「いけばな嵯峨御流」は嵯峨天皇がこの離宮の庭で手折られた菊を瓶に生けられたことから始まったといわれている。

（上）大沢池を囲む大覚寺の庭園には、百人一首に詠まれた名古曽の滝跡も
（下左）江戸時代、後水尾天皇より下賜された寝殿造の宸殿
（下右）毎年中秋の名月に行われる「観月の夕べ」。嵯峨天皇が大沢池に舟を浮かべて
月を愛でたことに由来し、龍頭鷁首舟を池に浮かべ月を鑑賞する

写真提供：大覚寺

# ⑥ SHOSEI-EN GARDEN

Higashitamamizu-machi, Higashi-iru, Aino-machi,
Shimojuzuyamachi-dori, Shimogyo-ku, Kyoto
075-371-9210

Shosei-en Gaden is a second residence of the Higashi-Hongan-ji Temple, also known as Kikoku-Tei, due to the fact that hardy orange trees (karatachi or kikoku) were planted at the hedges. It is known as the remaining site of Minister of the Left Minamoto-no-Toru's residence, Kawarano-in. He is believed to be one of the living models of Hikaru Genji.

Minamoto-no-Toru was an heir to Emperor Saga. Since the Emperor had 50 children and Minamoto-no-Toru's mother had lower status compared to other mothers, he received Minamoto as his surname and assumed a vassal's position with no chance to succeed the throne. However, he rose to become the Minister of the Left and enjoy prosperity. This background is very similar to that of Hikaru Genji.

Minamoto-no-Toru built a large mansion, Kawarano-in, near Kamo River in Heian capital, and it is belived to be the model of Hikaru Genji's mansion, Rokujo-in, in *The Tale of Genji*. (Some believe that this is the model of Nanigashi-no-in where Hikaru Genji took Yugao to.) However, geographically speaking, this site is a little away from Kawaranoin's site. Thus, it could be a folktale. Still, there is a memorial tower for Minamoto-no-Toru and the garden is full of the Heian court culture's atmosphere. It is an ideal site to experience the world of *The Tale of Genji*.

柿葺の屋根を持つ趣きある橋、回棹廊

# ⑥渉成園

京都市下京区下珠数屋町通間之町東入東玉水町
075-371-9210

臨地亭（手前）と滴翠軒。渉成園は二つの池と数棟の茶室などから構成される

東本願寺の飛地境内。生垣に枳殻が植えられたことから「枳殻邸」とも呼ばれる。光源氏のモデルの一人、左大臣・源融の河原院の跡地と伝えられている。

源融は嵯峨天皇の皇子。嵯峨天皇には50人もの子どもがいたため、生母の身分が低い彼は、源姓を賜って（皇位継承の可能性のない）臣籍に下るも、のちに政界のトップである左大臣に登りつめ、栄華を極める。このあたりの経緯は『源氏物語』の主人公・光源氏とそっくりである。

その源融が平安京の鴨川の近くに築いた大邸宅「河原院」が、光源氏の大邸宅「六条院」のモデルと考えられているのだ（光源氏が夕顔を連れ出した「某の院」のモデルという説もある）。だが地理的に見ると、河原院のあったとされる場所とは少しズレているため、あくまで伝説という見方が強い。とはいえ園内には源融ゆかりの塔があり、平安王朝の庭をしのばせる風情がある。物語の世界を体感するには、格好のスポットといえるだろう。

# ⑦ ROSAN-JI TEMPLE
## Site Of The Residence Of Lady Murasaki

397 Kitanobe-machi, Hirokoji-agaru,Teramachi-dori, Kamigyo-ku, Kyoto
075-231-0355

平安中期に船岡山の南に創建、応仁の乱で焼失後、
紫式部の邸宅址であるこの地に移転した

It is presumed that Murasaki Shikibu resided where the site of the Rozan-ji Temple is now. Located near Kyoto Gosho palace, the temple was transferred here in the late 16th century. During the Heian period, it is believed that Lady Murasaki's grandfather's residence was here and she grew up, spent her married life (it was the custom of this period that a husband joined his wife's family home), and wrote *The Tale of Genji here.*

These historical facts were only discovered about 60 years ago. Since then, this temple has become known for its relationship to Lady Murasaki and its front garden has been called "Genji Garden."

Sitting at the veranda of the temple, gazing over the mossy garden in white sand, imagine Lady Murasaki pondering over the plot of her story, never knowing that people would keep reading her story for a millennium to come. June through September, the purple balloon flowers planted to commemorate Murasaki blossom softly. There is a monument to her poem in the temple grounds.

# ⑦ 廬山寺
## 紫式部邸宅址

京都市上京区寺町通広小路上ル北之辺町 397
075-231-0355

紫式部が住んでいた邸宅の址といわれるのが京都御所のほど近くにある廬山寺である。寺がいまの場所に移されたのは 16 世紀後半のことだが、平安時代には、この地に紫式部の曽祖父の邸宅があったらしい。紫式部もここで育ち、結婚生活を送り（当時の結婚では、夫が妻の実家に通っていた）、「源氏物語」を書いたと考えられている。

開祖・元三大師を祀る元三大師堂（非公開）

白砂と苔の源氏庭は紅葉もよく映える

こうした来歴が判明したのは今から 60 年ほど前のこと。以来「紫式部ゆかりの寺」として知られるようになり、本堂前の庭も「源氏庭」と呼ばれるようになった。

縁側に座り、白砂が敷かれた庭を眺めていると、物語の構想を練る紫式部の姿が思い浮かぶよう。1000 年後も自分の作品が読み継がれていようとは、当時の彼女は想像すらしていなかっただろう。6 月から 9 月にかけて、紫式部に因んで植えられた紫の桔梗が静かに花開く。境内には紫式部の詠んだ和歌の歌碑もある。

「紫式部邸宅址」と刻銘された顕彰碑

紫式部と「源氏物語」ゆかりの地と見どころ

写真提供：廬山寺

# ⑧ UNRIN-IN TEMPLE

23 Murasakino Unrinin-cho, Kita-ku, Kyoto
075-431-1561

Unrin-in Temple is now a small temple, but it used to have much larger grounds and was very well known. Actually, the surrounding neighborhood is called Unrin-in-cho (town of Unrin-in), which leads scholars to believe that this temple was sizable.

Some argue that Murasaki Shikibu spent her last days here, probably due to the fact that her grave is located not far from here, although there is no evidence to prove it.

In *The Tale of Genji*, Hikaru Genji withdrew himself into this temple after being rejected by his stepmother Fujitsubo and feeling desperate.

# ⑧ 雲林院

京都市北区紫野雲林院町 23
075-431-1561

もうひとつの紫式部ゆかりの寺が雲林院である。いまは小さな寺だが、平安時代には誰もが知る有名な寺院で、広大な敷地を誇っていたという。周辺を雲林院町と呼ぶことからも、往時の規模の大きさがうかがえる。

そう遠くない場所に紫式部の墓があるせいだろうか、彼女がここで晩年を過ごしたとする説もあるが、真偽のほどはわからない。

『源氏物語』では、義母・藤壺に拒まれたことに絶望した光源氏が、出家を考えて雲林院に籠もる、という場面が出てくる。

平安時代は天台宗の大寺院として知られ、歌枕になったほど。
現在は、1707年の再建時に建てられた写真の観音堂だけが残る

写真提供：雲林院

# ⑨ BYODO-IN TEMPLE
## UNESCO World Heritage Site

116 Uji-renge, Uji
0774-21-2861

Fujiwara Yorimichi, the chief advisor to the emperor, inherited this vacation home from his father, Michinaga, in 1052 and remodeled it to a temple. Phoenix Hall was built in the following year and is home to a statue of the Amida Buddha.

Its large roof is decorated with statutes of phoenixes and the interior is brightly painted with angels dancing and playing music, as well as phoenixes taking wing. An additional 52 Unchu-kuyo bodhisattva (wooden worshiping bodhisattvas on clouds) statutes hang on the walls, playing music and dancing on clouds. The double-layered golden canopy is also magnificent.

There are 66 copper mirrors hanging from the ceiling to reflect the candlelight during the night, transforming the space into a world of fantasy. In the old days, it was as gorgeous as the sight of the Buddhist pure land, the celestial realm of enlightenment. Since 2001, a museum, Hosho-kan, has displayed historic treasures associated with the temple.

阿字池の水面に映る鳳凰堂も美しい（©平等院）

# ⑨ 平等院
## ユネスコ世界文化遺産

宇治市宇治蓮華 116
0774-21-2861

鳳凰堂中堂の大棟の両端に据えられていた国宝の初代鳳凰一対（ⓒ平等院）

1052年、父・藤原道長から受け継いだ別荘を、関白・藤原頼通が寺院に改めたもの。阿弥陀如来坐像が安置された鳳凰堂はその翌年に建造された。

大屋根には鳳凰が飾られ、内部は天衣を翻して舞う天人や楽を奏する天人、飛び立つ鳳凰などが鮮やかに描かれている。また左右の壁の上部には、楽器を奏でたり、踊ったりしながら雲に乗る「雲中供養菩薩像」が52体かけられていて見応えがある。二重の天蓋も見事。

天井には66個もの銅製鏡が吊られ、夜間にはその鏡が灯明の明かりを反射し、幻想的な世界を創り出すなど、かつては、極楽浄土もかくや、という壮麗さであったようだ。2001年に開館した平等院ミュージアム「鳳翔館」には、国宝など貴重な宝物が展示されている。

1053年に制作された雲中供養菩薩像のひとつ
（ⓒ平等院）

# ⑩ UJIKAMI SHRINE
## UNESCO World Heritage Site

59 Uji-yamada, Uji
0774-21-4634

Ujikami enshrines Emperor Ojin, his prince, Ujino-waki-iratsuko, and his older brother, Emperor Nintoku. Until the Meiji period, this shrine was combined with the neighboring Uji Shrine and called Rikyu Kamisha.

The altar hall was built in the beginning of the Kamakura period in the style of a Heian noble's residence. The main hall was built in the late Heian period and believed to be the oldest shrine building in Japan. There is a spring called Kirihara-mizu in the grounds of this shrine, which is noted as one of Uji's seven best water sources. However, since the other six water sources have dried out, this is the last famous water in Uji. (Be aware that you have to boil it before drinking.)

Because Uji used to be written in Chinese characters meaning "Rabbit Road," you will find rabbits as a motif throughout the shrine. Pick a written oracle by choosing one of the cute, colorful rabbit dolls.

寝殿造の様式をとり入れた拝殿

# ⑩ 宇治上神社
## ユネスコ世界文化遺産

宇治市宇治山田 59
0774-21-4634

応神天皇とその皇子・菟道稚郎子、兄の仁徳天皇を祀る（※菟道稚郎子は皇太子であったが、兄に皇位を譲るため自害する）。明治以前は隣接の宇治神社と二社一体となっており（正式総称は「宇治離宮明神」）、宇治上神社は「離宮上社」と呼ばれていた。

手水舎には名水「桐原水」が湧く

「宇治」の昔の表記が「兎」の「道」と書いて「菟道」だったため、うさぎのモチーフがあちこちに。さまざまな色のうさぎの人形を選んで引くおみくじがかわいい。

風情ある冬景色の拝殿

寝殿造りの拝殿は鎌倉初頭のもの。屋根の美しさに特徴がある。平安時代後期に建てられた本殿は、わが国最古の神社建築とされる。境内にある湧き水は桐原水と呼ばれ、宇治七名水のひとつ。他の 6 つは涸れてしまったため、現存する最後の名水である（飲用する場合には煮沸が必要）。

「さわらびの道」に面した宇治上神社の鳥居

紫式部と『源氏物語』ゆかりの地と見どころ

（上）本格的な数寄屋造りの茶室「対鳳庵」
（下左）露地（茶庭）門をくぐると、飛び石や敷石が茶室へと誘ってくれる
（下右）抹茶と煎茶のお点前体験も

# ⑪ TEA HOUSE TAIHO-AN

1–5 Uji Togawa, Uji
0774-23-3334

This facility was established for promoting Uji tea and the tea ceremony. Taiho-an literally means "facing Phoenix House" because of its location across from the Phoenix Hall. In this authentic tea house, visitors can drink genuine Uji green tea in the traditional tea ceremony.

Tickets for participating in the ceremony with seasonal sweets are sold at Uji-City Tourism Center, which is next door to this tea house.

# ⑪ 市営茶室「対鳳庵」

宇治市宇治塔川 1-5
0774-23-3334

宇治茶の振興と茶道の普及のために宇治市が運営する施設。平等院・鳳凰堂に相対していることから「対鳳庵」と名づけられた。数寄屋造りの本格的な茶室で、本場の宇治茶を使ったお茶席（抹茶あるいは煎茶）を体験できる。

利用にあたっては、隣接する「宇治市観光センター」で季節のお菓子付きのお茶席券を購入すること。（先生に教えてもらいながら自分でお茶を点てる「お点前体験」もあり。3日前までに要予約。1名から受付）

# Try on Heian court costumes
# at Setsugetsuka-en

**Iyasaka Co., Ltd. Setsugetsuka-en**
2-123-3 Fukakusanishiura-cho Fushimi-ku Kyoto
075-642-1028

Picture yourself in Genji's time by trying on the gorgeous costumes of the Heian period at this studio. Juni-hitoe (twelve-layered kimono) of the Heian court ladies are available here, as are the traditional court costumes that today's Imperial family wears at ceremonies like weddings.

The modern Japanese do not wear kimonos very often, let alone juni-hitoe, unless they are actors in historical dramas. And these costumes are not imitations for playful fun, but genuine high-quality Heian-style kimonos. Men may enjoy feeling like the dashing Hikaru Genji.

It takes about three hours for make-up, dressing and photos (with your own camera). A professional photographer can be arranged.

# 「雪月花苑（平安装束体験所）」で
# 十二単体験

株式会社 弥栄「十二単記念撮影館　雪月花苑」
京都市伏見区深草西浦町 2 丁目 123-3
075-642-1028

きらびやかな平安装束を身につけて『源氏物語』の世界を体験したい。そんな人は「十二単記念撮影館　雪月花苑」へ。ここには、平安京の宮中で女官たちが着ていた女房装束（いわゆる十二単。現代の皇室では、婚礼や儀式で着用）などが用意されています。

現代日本人は、着物を着る機会が減っています。ましてや十二単など、時代劇の俳優でもない限り、一生着る機会はありませんが、この体験所では、お遊び用のニセモノではなく、本格的な平安装束を試着することができるのです。男性なら、光源氏になったような気分が味わえるかもしれません。

化粧、着付け、写真撮影（持参のカメラで撮影）を含めた約 3 時間の装束体験のほか、プロカメラマンによる撮影付きのプランも用意されています。

お一人様の記念撮影はもちろん、婚礼写真としても人気だという

写真提供：雪月花苑

## 平安装束を知る、感じる

平安時代からの伝統を守りつつ現代的な改良を加えた「一榮十二単」。
写真は正絹の本格派。色の「かさね」が美しい。
（下）五衣は「松かさね」というおめでたい配色

## ずしりと重い正絹の衣

紫式部が生きた平安時代の貴族社会において、人々はどんな装束を身につけていたのでしょう。まず思い浮かぶのは「十二単」ですが、現代の私たちにはほとんど縁がなく、どういう衣服なのか、きちんと理解している人は少ないのではないでしょうか。

京都に住んでいると、葵祭や斎宮行列などの行事で本格的な平安装束を度々目にします。しかし、遠くから眺めるのではなく、「十二単」を手に取って、その重みや感触を肌で感じてみたい――そんな思いから、装束の研究と制作に携わる福呂一榮さん（株式会社弥栄・代表取締役社長）を訪ねました。

老舗装束店に嫁いだ福呂さんは、義母である先代から、装束の仕立てと着付けを徹底的に仕込まれたそうです。「平安装束の伝統を伝えたい」という先代の想いを受け継いで、研鑽と研究を重ね、今では「十二単」の第一人者を自負するほどに。婚礼用の貸衣装を手がけるだけでなく、「十二単記念撮影館　雪月花苑（平安装束体験所）」（P131参照）を開設し、「十二単」を気軽に体験できる場を提供しています。

「雪月花苑」に用意されているのは、伝統を守りつつ現代的な改良を加えたオリジナルの「一榮十二単」。山科流の装束仕立て技法を用いて、福呂さん自身がひと針、ひと針、心を込めて仕立てたものです。太めの絹糸を使い、一寸（約3センチ）を三針で縫うのが決まりとのことで、間近で見ると、着物との仕立ての違いがよくわかります。

裾が長く、生地がたっぷりと使われているため、正絹のものは一枚でもずしりと重い。あでやかな二陪織物（地文様の上に別の色糸で上文様を織り出したもの）の豪華さには、ため息がこぼれます。

男性用の正装にあたる束帯や准正装の衣冠、少しカジュアルな冠直衣も揃っていて、ペアでの撮影も可能だそうです。

写真提供：雪月花苑

## 12枚重ねるから十二単？

現代の「十二単」は、皇族方がお召しになるもの、というイメージがありますが、平安京では、紫式部のような宮仕えの女性も「十二単」を着ていたのでしょうか。

疑問に感じて調べてみると、私たちが一般に「十二単」と呼ぶものは、平安時代における女房の正装にあたることがわかりました。正式名称は女房装束で、宮中で仕える高位女官の仕事着のようなもの。袴を履き、下着代わりの単（ひとえ）の上に袿（うちき）（内側に着る衣）を何枚か重ねて、打衣（うちぎぬ）（砧で打って光沢を出した衣）、表着（うわぎ）（豪華な織物で仕立てられた衣）、そして唐衣（からぎぬ）（一番上に着る袖幅の短い半身の衣装）と裳（も）（下半身にまとう布。腰の後方に引きずるように長く垂らす）を着用した姿のことで、「唐衣裳（からぎぬも）」とも「裳唐衣（もからぎぬ）」とも呼ばれます。

女房の装束は時代とともに簡略化したようですが、「唐衣裳」は今日まで受け継がれ、皇室の儀式などで着用される宮廷装束となったのです。

対して、仕事を離れた女房たちの日常着は、袿姿と呼ばれるものでした。袴の上に単を着て、その上に袿を何枚か重ねる（重ね袿）というスタイルです。意外だったのは、中宮などの高貴な女性たちは、日常生活のほとんどを、この袿姿で過ごしていたこと。紫式部が中宮彰子と会うときは、仕える側の紫式部は唐衣と裳をつけた女房装束で正装しなければなりませんが、主人たる彰子はくつろいだ袿姿でよかったのです。とはいえ、彰子の袿は女房たちのものよりも格上だったとか。現代に置き換えると、社員はスーツにネクタイで出社するけれど、社長や役員はカジュアルファッション（ただしハイブランドの高級品）でリラックスしているという感じでしょうか。

高貴な女性や高位女官の場合、やや改まった席では、重ね袿の上に、袿より少し身丈が短い小袿（こうちぎ）を重ねたとか。小袿は唐衣などと同様に二陪織物のような華やかで重厚な織物で仕立てられていました。これが小袿姿で、袿姿より格式の高い准正装となったようです。

写真提供：雪月花苑

また、平安装束で特長的なのが色の「かさね（襲）」です。袿の襟や袖口などに見られる配色の妙は「かさね色目」と呼ばれ、これを美しく見せるために上に羽織るものほど小振りに仕立てられました。「かさね色目」には、「匂い」「薄様」など、四季の移ろいや草花の美しさを表現するさまざまな手法があり、その使い方で美的センスや教養を競い合ったのです。

装束の色や文様にも、それぞれに意味や決まりがあり、衣装を見ればその人の階級がわかったほど。袴の色を例にとると、若い女性は紫に近い濃色を、年配者はあざやかな紅を着用するのが決まりだったとのこと。色に対する感覚の違いも、現代人には興味深いところです。

平安時代の女房装束では、重ねる衣の数に定めはなく、個々でかなり幅があったようです（袴と裳を除き、10枚前後が中心か）。平安中期になると、華やかさを誇示するように内に着込む袿の数がどんどん増え、なんと20枚近く重ねる人も。平安時代後半の院政時代には装束がさらに絢爛豪華になり、平安末期から鎌倉時代には、袿の数を5枚までに規制する「五衣の制」が定められたのです。

「雪月花苑」で体験できる中宮の准正装。重ね袿（五衣）の上に表着と小袿を重ねている

ちなみに、現代の皇室で着用される宮廷装束の正式名称は「五衣唐衣裳」であり、その俗称が「十二単」なのだとか。袴を履き、単の上に五衣、さらに打衣、表着、唐衣の順に着て、裳を着用する形で、それが21世紀の私たちが漠然とイメージする「十二単」なのです。

また、十二単という用語は、単の12枚重ねではなく、袿を何枚も、十二分に重ねた装束を意味するもので、江戸時代に使われるようになったとか。つまり、元来の十二単は唐衣と裳をつけない袿姿を指していたと考えられます。

## 女三の宮の幼さを表現する細長

『源氏物語』には装束に関する描写も多く、身につけているものが、登場人物の人となりを表現する小道具として、効果的に使われています。

たとえば、若くして光源氏の正妻になった皇女・女三の宮は、細長と呼ばれるものを着用しています。蹴鞠の途中、猫が飛び出した拍子に御簾が跳ね上がり、御簾内に立っていた女三の宮の姿を柏木が見てしまうシーンが特に有名ですが（この出来事が、のちの悲劇を生みます）、このとき女三の宮が着ているのが「桜かさね」（表は白、裏は赤で、赤い色がほんのり表地に透けて桜色に見える）の細長なのです（巻34「若菜上」）。父・朱雀院のたっての希望で降嫁した女三の宮ですが、14歳前後と、まだまだ幼い。この細長は、女三の宮の可憐さやあどけなさを表しているのでしょう。

細長は、高貴な未婚女性が日常のハレの装いとして袿姿の上に羽織ったとされ、唐衣の裾を細長く伸ばしたような形状だと考えられています。ただし、諸説があり、はっきりしたことはわからないようです。「雪月花苑」には、小袿や細長の用意もあり、『源氏物語』ファンの人気を集めています。

『源氏物語』の登場人物も好んだ細長。
未婚の高貴な女性が袿姿の上に着たハレの装いで、裄が短く、丈は袿より長いとされる

## 十二単の着付け

1. 袴下帯をして、長袴をつける。
2. 単を着る。
3. 五衣を着る。
4. 打衣を着る。
5. 表着を着る。
6. 唐衣を着て、裳をつけ、手に檜扇を持つ。

## 十二単を体験してわかったこと

「せっかくの機会なので、ぜひ体験を」とのお言葉に甘え、由緒正しき正絹の「十二単」を着付けていただくことになりました。

まずは長袴の着装から。宮廷装束の決まりごとを守って制作された正統派の装束とうかがったせいか、長袴をつけただけでキリリと身が引き締まります。次に単、五衣、打衣の順に着るのですが、襟元の重なりを美しく整えるのがポイント。腰紐でしっかりと固定するまで、体を動かすのはもちろん、うつむくのも禁止と、着せてもらう側もなかなかたいへんです。「襟元が乱れるので、下を見ないでください！」と福呂さんに叱られるので、プロの着付けの技をじっくり観察できなかったのが残念でした。

五衣は袿を1枚ずつ重ねるのではなく、比翼仕立て（衿、裾、袖口などに別の生地を縫いつけて複数の衣を着ているように見せる仕立て方）で袿を5枚重ねたように見せるものを用います。こうした工夫で着付けの手間だけでなく重さも軽減しているとか。そうはいっても、錦織の立派な表着と唐衣を羽織ると、やはり肩には相応の重みが……。"伝統の重み"もいっしょに背負っているような心持ちです。

最後に裳を着用して、小腰と呼ばれる紐を前で結べば着付けが完了。檜扇（檜の板を糸で綴じた扇）を手に優雅にポーズ……と言いたいところですが、この檜扇が予想外に重く、広げて持っているだけで筋トレ並みに体力を消耗しました。

「いったん着付けてしまえば、少々動いても着崩れしません。身体が締め付けられないから、着物よりラクでしょう？」という福呂さんの言葉通り、着物ほど苦しくはありません。ですが、裾や裳を長く引きずっていることもあって、体の向きを変えるのもひと苦労。長袴の足さばきにもコツが要り、衣擦れの音とともに優雅に歩けるようになるには慣れが必要だと痛感しました。

それもこれもひっくるめて得難い体験。平安時代の美意識に触れ、宮廷文化の雅を、文字通り、肌で感じることができました。

さらなる発見は、装束を脱ぐのは、案外、簡単だということ。紐をほどき、装束からスッと身体を抜くと、脱いだ衣が着用していたときの立体的な形状のまま残るのです。まさに「もぬけの殻」という状態です。

そこで思い出すのが、『源氏物語』の空蟬のエピソードです。寝所に忍び込んできた光源氏を避けようと、空蟬は薄物の単だけをまとって逃げる（巻3「空蟬」）。フラれた光源氏は、寝所に残された空蟬の小袿を持ち帰って歌を詠み、切なさを募らせるというくだりです。

「空蟬の　身をかへてける木のもとに　なほ人がらの　なつかしきかな」
（変身した蟬が抜け殻を残して去った木の下で、もぬけの殻となった衣を残して消えたあの人の、その気配をなお懐かしく思っている）

「人殻（小袿）」を残して消えた人物を、蟬の幼虫が脱皮して抜け殻を残すことに喩えたわけです。

実は、『源氏物語』の原本に登場人物の名前はほとんど書かれておらず、わたしたちが知っている「夕顔」「末摘花」といった呼び名は、後世の読者がつけた「あだ名」なのだとか。蟬の抜け殻のような小袿を残した人——だから彼女は「空蟬」と呼ばれるようになったわけですが、平安装束を着てみた、正確には、すばやく脱げることを体験したことで、この有名なシーンをリアルに思い浮かべることができました。

1000年前の物語を、そして1000年前の人々の息吹を、今もそこかしこで感じることができる都市。たいせつに受け継がれた古いものと新しいものが自然に融けあう京都の魅力に、またひとつ出会いました。

# The City Where You Can Travel Through Time

History and modern culture coexist in Japan. The old capital city, Kyoto, is a prime example.

Emperor Kammu decided to make this city his capital in 794. Even now, you can find remnants of those days when you walk around the city. The city's layout in a grid-like pattern is itself the very image of Heian-kyo, Kyoto's old name.

The city has never stopped evolving in its 1,200-year history. Despite construction restrictions on building heights meant to preserve the city's famous vistas, there are modern buildings. Likewise, people walk about the streets dressed in contemporary fashions while sipping on Starbucks lattés—just as you would see in Ginza or Harajuku in Tokyo.

Kyoto was the national capital for over 1,000 years, from 794 until 1868, and its landmarks have a wide range of historic backgrounds. One of the most popular places to visit in Kyoto, the dazzling Kinkaku-ji (The Golden Pavilion), was built at the end of the 14th century, during the Muromachi period, while the famous geisha district, Gion, was most prosperous in the beginning of the 19th century, the latter part of the Edo period.

# 京都──時間旅行ができる都市

日本には、歴史と最先端の文化が同居しています。その好例が古都・京都でしょう。

桓武天皇がこの地を都と定めたのは794年、今から1200年以上も前のことです。ところが、京都を歩くと、街のあちこちに往時の面影を見ることができます。なんといっても「碁盤の目のよう」といわれる街の形状そのものが、平安京の姿を今に留めています。

とはいえ、京都は歩みを止めた街ではありません。町並みを保つための建築規制はあるものの、近代的なビルも建っており、人々は東京の銀座や原宿で見られるようなファッションに身を包み、スターバックスでラテを飲んでいるのです。

また、京都には、1000年にわたって都が置かれていた長い歴史があります。それゆえ、京都の名所・旧跡といっても、それぞれに時代背景は異なっています。たとえば、いつも観光客で賑わう黄金に輝く金閣寺は、14世紀の終わり頃、室町時代に建てられたもの。また、あでやかな舞妓や芸者で華やぐ祇園界隈が花街として栄えたのは、19世紀初めの江戸時代後期になってからです。

People jokingly say that if an elderly Kyoto resident mentions "the last war", he or she means the Onin War of the 15th century, not World War II. The center of Kyoto was burned down during the Onin War, while it was left untouched by WWII.

Because the city was spared during WWII, many of the cultural properties and faces of historic centers were saved and maintained to this day. It may be surprising to some people that a culture built with flammable wood and paper has been kept intact for such a long period of time.

You can find the footsteps of people who lived in various periods in the past in this not-so-big city. In this way, you can easily travel through time as you travel through Kyoto.

京都のご老人が「先の戦争で……」というと、第二次世界大戦ではなく、15世紀後半に起こった応仁の乱を指すというのは、ジョークのような本当の話です。実際に、応仁の乱で、都の中心部は焼け野原となりました。

しかし、第二次世界大戦の戦火を逃れたことで、残された貴重な文化財や歴史ある町並みは破壊を免れ、今日まで良好な形で保存されました（そう考えると、京都の人にとって「先の戦争」が応仁の乱だというのは、あながち間違いではないのです）。西洋の堅牢な石の建築物ではなく、燃えやすい木と紙の文化が、これほど長い間維持されたことに驚く人もいるでしょう。

さほど大きくはない街に、さまざまな時代に生きた人々の痕跡が残されている。つまり、ここはタイムトラベルが簡単にできる場所。京都を旅して、時間旅行を楽しんでください。

錦秋の嵐山、大堰川。翡翠色の川面に紅葉があざやか。平安貴族も戦国武将も、この景色を愛でたにちがいない

Author Profile
## SUMIKO KAJIYAMA

ノンフィクション作家、放送作家、評論家。テレビ局制作局勤務を経て渡米。ニューヨーク大学大学院でメディア論を学び、修士号取得。ニューヨークで新聞記者として働いたのちに独立。コンテンツビジネスや音楽、カルチャー、ソーシャルビジネス、SDGs を中心に、幅広いジャンルで文筆活動を続ける。テレビやラジオ番組の企画・構成や、コメンテーターとしても活動。大阪経済大学経済学部・客員教授。英文書籍『Cool Japan: A Guide to Tokyo, Kyoto, Tohoku and Japanese Culture Past and Present』(Museyon, NY) のほか、(日本語) 著書多数。現在は京都在住。

# THE TALE OF GENJI AND KYOTO
## 日本語と英語で知る、めぐる　紫式部の京都ガイド

2024 年 2 月 3 日　第 1 刷発行

| | |
|---|---|
| 著者 | SUMIKO KAJIYAMA |
| 発行者 | 鈴木勝彦 |
| 発行所 | 株式会社プレジデント社 |
| | 〒 102-8641 東京都千代田区平河町 2-16-1 平河町森タワー 13 階 |
| | https://www.president.co.jp/  https://presidentstore.jp/ |
| | 電話：編集 03-3237-3732 販売 03-3237-3731 |
| | |
| 装幀 | TUESDAY（戸川知啓＋戸川知代） |
| 撮影 | 稲田大樹（カバー、P2 〜 7、P8、P12 〜 19、P60 〜 61、P66、P68、P93、P96 〜 103、P109、P127、P142 〜 143） |
| | ［Instagram］うさだぬ@ usalica https://instagram.com/usalica/ |
| | ［X］うさだぬ@ usalica https://twitter.com/usalica/ |
| | |
| | PIXTA（P118、P119） |
| 写真提供 | 宮内庁京都事務所（P8、P20、P24 〜 25、P26、P29、P106、P107） |
| 写真協力 | 宇治市（P48、P72 〜 73、P84 〜 85、P126、P127、P128） |
| 協力 | 伏見稲荷大社　遍照寺　貴船神社　宇治市観光協会 |
| 地図 | マップデザイン研究室 |
| 校正 | 株式会社ゾェリタ |
| 編集 | 阿部佳代子 |
| 制作 | 関 結香 |
| 販売 | 桂木栄一　高橋 徹　川井田美景　森田 巌　末吉秀樹　庄司俊昭　大井重儀 |
| 印刷・製本 | TOPPAN 株式会社 |

© 2024  Sumiko Kajiyama
ISBN 978-4-8334-2521-6  Printed in Japan